一个坚强的人，才能不屈服于他所爱的人的态度。

——〔瑞典〕安娜·杜内尔《纪念玛丽娅·格里佩》

安徒生奖大师经典
埃尔维斯成长记

被爷爷原谅的那天

[瑞典] 玛丽娅·格里佩 著 王梦达 译 郑雅文 绘

中信出版集团 | 北京

图书在版编目（CIP）数据

被爷爷原谅的那天 / (瑞典) 玛丽娅·格里佩著；王梦达译；郑雅文绘. -- 北京：中信出版社, 2022.5

（安徒生奖大师经典：埃尔维斯成长记；3）

ISBN 978-7-5217-3913-8

Ⅰ.①被… Ⅱ.①玛… ②王… ③郑… Ⅲ.①儿童小说－长篇小说－瑞典－现代 Ⅳ.①I532.84

中国版本图书馆CIP数据核字（2022）第007937号

The cost of this translation was defrayed by a subsidy from the Swedish Arts Council, which is gratefully acknowledged.

本书荣获瑞典艺术委员会翻译基金资助，特此致谢

被爷爷原谅的那天

（安徒生奖大师经典：埃尔维斯成长记 3）

著　　者：[瑞典] 玛丽娅 · 格里佩

译　　者：王梦达

绘　　者：郑雅文

出版发行：中信出版集团股份有限公司

（北京市朝阳区惠新东街甲4号富盛大厦2座　邮编　100029）

承 印 者：宝蕾元仁浩（天津）印刷有限公司

开　　本：880mm × 1230mm　1/32　　印　　张：7.25　　字　　数：120千字

版　　次：2022年5月第1版　　印　　次：2022年5月第1次印刷

京权图字：01-2022-1151

书　　号：ISBN 978-7-5217-3913-8

定　　价：28.00元

服务热线：400-600-8099

投稿邮箱：author@citicpub.com

“那你和我呢，埃尔维斯？”爷爷边说，边把埃尔维斯举起来，“你觉得我们喜欢对方的程度是一样多的吗？”

埃尔维斯当然这么觉得。

“我觉得，我喜欢你，比你喜欢我要多那么一点点！”爷爷说。

埃尔维斯说，这不可能，绝对不可能。

目录

1 朋友被抢走了

“你还没向我道歉，埃尔维斯！”

妈妈一脸伤心地看着埃尔维斯，声音里满是责备。埃尔维斯将头扭向一边，没有吭声。他不知道该说什么。可如果妈妈能看穿他内心的话，就会知道——他心里是有想法的，只是嘴上不说而已。

其实埃尔维斯很想道歉，要不是妈妈一个劲儿地催促，说不定他早就主动说对不起了。可现在已经没有意义了。因为妈妈唠叨个没完，所以就算他道歉了，也像是妈妈要求的，而不是发自他的真心。

不过埃尔维斯也知道，妈妈的要求不过分。毕竟他毁了妈妈新买的窗帘。

“你为什么要这么做，埃尔维斯？”

妈妈问了一遍又一遍。可埃尔维斯不能说，他没法说。妈妈要是知道了真正的原因，肯定会暴跳如雷的。

“埃尔维斯！你听见我说的话了没有？回答我！”

妈妈站在卧室里，面前的床上团着一堆破破烂烂的窗帘。埃尔维斯背对着妈妈站着，目光望向窗外。

“埃尔维斯，你给我转过身来！看着我的眼睛，埃尔维斯！”

埃尔维斯慢吞吞地转过身来。他也想看着妈妈的眼睛，他也不愿意这样僵持下去。他小心翼翼地抬起头——他先看了一眼妈妈紧抿的嘴唇，然后是鼻子，最后他才怯生生地看了看妈妈的眼睛。

妈妈的眼神分外严厉，她紧紧皱起眉头，盯着埃尔维斯。

“你到现在还没向我道歉。你不道歉的话，别想让我放你出去。”她又重复了一遍。

埃尔维斯看着妈妈的眼睛，然后垂下脑袋，望着脚下的地板，嘟哝了一句。

“对不起。”

结果不出他所料，妈妈对他的道歉不满意。

妈妈说，她一听就知道，埃尔维斯的道歉不是真心的。他不过是为了出去而敷衍她的。妈妈说得没错。本来就是她逼他道歉的嘛。埃尔维斯无论如何也想不通，妈妈到底要他说什么？既然她觉得这种道歉毫无意义，干吗还硬要他说对不起？

要是妈妈能安安静静地耐心等待一会儿，埃尔维斯自然会真心实意地向她道歉。

埃尔维斯想啊想啊，脑袋都快想破了。他也不愿意和妈妈闹别扭，这事总有一个解决的办法吧？妈妈现在不说话了，只是一个劲儿地盯着那堆破破烂烂的窗帘看，难过得都快哭出来了。

埃尔维斯走到她面前，又说了一次对不起。然后他说，他也知道剪坏窗帘不对，可他不是故意的。他就是做的时候没过脑子。

“那你为什么要做呢？”妈妈紧接着问了一句。她还是不满意。反正说了一圈又绕回来了——绕回到这个埃尔维斯没法回答的问题上。

他之所以剪坏妈妈的窗帘，是因为安娜罗萨想学黑尔佳那样，也剪一朵布花贴在自己的衣服上。这让埃尔维斯怎么说得出口？

黑尔佳答应过安娜罗萨，会帮她找一朵差不多的布花。埃尔维斯不愿意。他想要自己送安娜罗萨一朵。

所以他暗暗下定决心，要不惜一切代价搞到一朵最漂亮的布花。

说来也巧，那天放学回家，他一眼就看见卧室里妈妈买的新窗帘。上面有一大丛一大丛的蓝色花朵，比黑尔佳的小粉花大多了，也漂亮多了。这就是他想送给安娜罗萨的花！埃尔维斯想都没想，直接找出剪刀咔嚓咔嚓剪了几朵下来。直到妈妈尖叫起来，他才意识到自己究竟干了什么。

妈妈举起窗帘对着光线看了又看。这时，埃尔维斯才注意到上面几只刺眼的大洞，可说什么都晚了。妈妈捂着脸哭了起来，埃尔维斯从没见妈妈哭得这么伤心过。

后来爸爸回来了，安慰她说再去买一点儿布好了。爸爸说，毁掉的不过是一块窗帘而已，又不是全世界。埃尔维斯本以为，妈妈听到这话会高兴才对，可妈妈还是唠叨个没完。她说，这种布料已经卖光了。而且，她必须要搞清楚埃尔维斯这么做的动机，看他是不是“只想使坏”。

爸爸说，埃尔维斯应该只是“无心之过”，不需要太在意。可妈妈不买账，她觉得肯定“另有原因”。

埃尔维斯听他们你一言我一语地争论着。爸爸妈妈经常这样，说到埃尔维斯的时候，就好像旁边没他这个人似的。可他一直都在啊。

最后，埃尔维斯不得不问爸爸，“无心之过”是什么意思。爸爸说，“无心之过”指的是并非有意犯的错误。

“有的时候没多想，头脑一热就做了，也不是存心的。”

埃尔维斯明白了。的确是这样。他当时真的没多想，拿起剪刀就下手了。

“不过我的头脑没有发热。”埃尔维斯老老实实地说，他只有在迫不得已的时候才会撒谎。

爸爸笑了起来。他对妈妈说，窗帘的事情到此为止，他还有别的事要忙。

不过对于妈妈来说，窗帘的事绝对是件大事，不能就这么算了。她要知道埃尔维斯这么做的原因。当然首先，她要埃尔维斯真诚地表示道歉。

她做到了，埃尔维斯总算道了歉。可她还是不满意，她要挖掘出这件事背后的内幕。“无心之过”这种鬼话，她反正是不信的。妈妈用耐人寻味的目光打量着埃尔维斯，她说，自己一看就知道，埃尔维斯这么做肯定“另有原因”。可她什么都问不出来。埃尔维斯咬紧了牙关，怎么都不肯吐露一个字。

“和那个熊孩子讲道理，就好像对牛弹琴一样。”妈妈在电话里和希万阿姨这样说。

埃尔维斯心想，妈妈休想从自己嘴里套出一个字。他很清楚什么能说，什么不能说。

安娜罗萨就属于不能说的那种。妈妈已经严令禁止他和安娜罗萨·彼得松一起玩。所以无论妈妈怎么软磨硬泡，关于安娜罗萨和黑尔佳的事情，埃尔维斯是坚决不会说的。他要做的就是一味装聋作哑，直到妈妈渐渐淡忘这件事，提起别的话题。

好在布花保下来了。安娜罗萨已经把它贴在白色棉布上衣的胸口，看上去漂亮极了。黑尔佳盯着它看了好久，她也想要一朵。休想！反正埃尔维斯是不会给她的。

从一开始，埃尔维斯就意识到黑尔佳是一个危险分子。他还记得自己第一次见到她的场景。她站在雪橇滑道底部，手里拿着一顶贝雷帽，金色的头发随风飘扬。她顺着滑道一步一步走上去，然后站在安娜罗萨身边，眼睛一眨不眨地看着安娜罗萨。埃尔维斯当时就察觉到不妙，天知道会发生什么！

安娜罗萨本来和他玩得挺好的。安娜罗萨带来了她的圣诞礼物——一只又大又结实的旧雪橇，那是埃纳尔——可能成为她爸爸的埃纳尔·布罗瓦尔——小时候用的。埃纳尔经常和他们一起玩，所以埃尔维斯也认识他。

安娜罗萨的雪橇比其他人的都抢眼！埃纳尔用红色和绿色的颜料将雪橇整个刷了一遍。上面可以坐三个人。有时候埃纳尔也会坐上来一起滑，不过大多数时候，都是埃尔维斯和安娜罗萨两个人滑。

然后黑尔佳出现了。她就那么一动不动地站着，盯着安娜罗萨看。安娜罗萨也看了看她。黑尔佳伸出手，指了指雪橇。

“我要坐在这个上面！”她说。

一切发生得太快，埃尔维斯几乎都没反应过来。黑尔佳一转眼就坐上了雪橇，就坐在安娜罗萨的前面。安娜罗萨涨红了脸。她回头看了看埃尔维斯，似乎想要说些什么。但随着黑尔佳的一声欢呼，她们已经飞一般地冲下滑道。安娜罗萨也欢呼起来。

埃尔维斯孤零零地站在滑道顶上，等着她们爬上来。黑尔佳拽着雪橇的绳子往上走，安娜罗萨紧紧跟在一旁，她的目光始终停在埃尔维斯身上。埃尔维斯知道，安娜罗萨希望下一次他也能一起滑。毕竟雪橇能坐三个人呢。

可黑尔佳又一次占据了最前面的位置，她让安娜罗萨坐在后面，然后由自己控制方向。安娜罗萨犹豫了一下，又朝埃尔维斯看了一眼。埃尔维斯往雪橇这边走了过来。

这时，黑尔佳回过头，冲安娜罗萨发了话：“我要和你滑！就我们两个人！”

安娜罗萨坐上雪橇，她们两个嗖嗖地向下冲去——没带埃尔维斯。

后来每一次都是这样。安娜罗萨看向埃尔维斯的眼神越来越胆怯，越来越心虚，最后她干脆避开了他的目光。埃尔维斯能感觉得到，安娜罗萨恨不得让他赶紧离开才好。可他还是坚持站在那儿。

埃尔维斯不能就这样走掉，可也不能说什么。为了不显得无聊，他抓起地上的雪，开始搓雪球。然后他又加了一些雪，把雪球越做越大。安娜罗萨和黑尔佳一遍遍地滑下去，又爬上来，埃尔维斯就站在那里不停地搓啊搓。

他做出了一只圆滚滚、硬邦邦、白乎乎的大雪球！

埃尔维斯想起圣诞节，他和安娜罗萨一起做雪灯的情形。他记得安娜罗萨把雪球递过来，说："帮我把它搓圆！"安娜罗萨自己做的雪球总是不够圆。那时，埃尔维斯帮她搓了一只又一只雪球，安娜罗萨可高兴了。一想到这些，埃尔维斯的心里就隐隐作痛。

黑尔佳又拽着雪橇爬了上来。她笑得是那么得意，仿佛她才是雪橇的主人，不，她好像拥有了全世界一样。安娜罗萨跟在她身后，默不作声。

埃尔维斯将雪球攥得更紧了些，然后脑子突然一片空白，下意识地抡起胳膊，用尽全身力气将雪球向黑尔佳扔去。雪球不偏不倚地砸中了黑尔佳的下巴。埃尔维斯彻底蒙了，内心涌起一阵从未有过的恐惧，他都干了些什么！

他看见安娜罗萨走过去摸了摸黑尔佳的下巴。

“好可怜啊，疼不疼？”安娜罗萨说。

“当然疼了！还好没砸中眼睛！不然我现在早瞎了！”黑尔佳呻吟着。

女孩们一下子将黑尔佳团团围住，纷纷向埃尔维斯投去指责的目光，仿佛在说：“她可能会瞎的。”只有安娜罗萨没看他，可黑尔佳……

黑尔佳的眼睛眯成了一条缝。

“给我当心点！我警告你！当心点！我要去告诉我哥哥谢勒，让他找你算账！”

就这样，埃尔维斯算是认识了黑尔佳·比约克。他们的初次见面很不愉快，而之后的情况也好不到哪里去。

自从雪橇的事情以后，埃尔维斯变得心事重重。包括在家里的时候，他也经常有些反常的举动。所以他连想都没想，就把妈妈新买的窗帘上的布花剪下来，也就不奇怪了。为了安娜罗萨，他什么都可以做！

现在，黑尔佳和安娜罗萨成了朋友！还是那种形影不离的好朋友！

话说回来，要不是看在雪橇的分儿上，黑尔佳才懒得搭理安娜罗萨呢。等雪化了，她们的友谊也就结束了。不过后来，她看见安娜罗萨和埃尔维斯在一起，突然又改变了主意。她不喜欢埃尔维斯，所以想方设法将安娜罗萨从他身边抢走。黑尔佳根本没费多大劲，因为安娜罗萨一直都想要一个女孩做好朋友。

“黑尔佳不在的时候，我们可以一起玩。”安娜罗萨说。

她的意思是，埃尔维斯可以成为黑尔佳的“替代品”，就像在家里，他是真正的埃尔维斯——猫王埃尔维斯·普雷斯利的替代品一样。

所以妈妈说得没错，埃尔维斯这么做的确“另有原因”。最后，妈妈或多或少也猜出来了，埃尔维斯大概实在有不能说的苦衷。

“小埃尔维斯，你是遇上了什么烦心的事吗？”妈妈边说边摸了摸他的头发，“连妈妈都不能说吗？”

埃尔维斯的心里顿时暖暖的，他的喉咙哽咽了，只想要紧紧抱住妈妈。可他遇上的烦心事，也的的确确没法和妈妈说。

2 被扔进垃圾桶

“抓住他！别让他跑了！”

“往这儿追！快！”

埃尔维斯身后传来凶巴巴的说话声，紧接着是一阵急促的脚步声。他一个劲儿往前跑啊跑，可脚步声越来越近。

说话的两个人是约纳斯和谢勒，他们是三年级的两个大男孩。埃尔维斯不认识他们，可他们投来的目光隐隐透着杀气，埃尔维斯不敢朝他们看，也不知道该不该打招呼。

谢勒是黑尔佳的哥哥。黑尔佳说过，谢勒会找埃尔维斯算账的。约纳斯是谢勒的哥们儿，谢勒走到哪儿，约纳斯就跟到哪儿。

埃尔维斯因此树了敌。这可是从没有过的事。黑尔佳说，埃尔维斯才是最大的敌人。这句话说得莫名其妙，也很伤人。现在，埃尔维斯走到哪里都不安全，随时都可能遇到倒霉事。

比如今天，约纳斯突然跳出来，站在埃尔维斯面前，问他为什么要挡道。

挡道？埃尔维斯一头雾水，刚想从旁边绕过去，谢勒又冒了出来，冷不丁伸出腿想要绊他一跤。埃尔维斯躲过去了，转身就跑。他们于是追了上来。

约纳斯和谢勒比他个头大，跑得也比他快。埃尔维斯知道自己肯定敌不过。他们就好像在玩猫抓老鼠的游戏一样，让埃尔维斯跑出一段，接着追上前去吓唬他一下，然后故意放他走，让他再跑一段。埃尔维斯能听见他们的喘气声，近得仿佛就在耳边一样。在他们的步步紧逼下，埃尔维斯往前跑了一段又一段……直到筋疲力尽。

这时，谢勒用塑料手枪抵在埃尔维斯的肩胛骨中间。

“乖乖投降吧，你这只待宰的小羔羊！”

埃尔维斯本能地想要逃。谢勒也就任由他继续往前跑。

“开枪啊！嗖一声，打穿他的脑袋才好呢！”约纳斯恐吓说。

他们肯定在闹着玩。塑料手枪又打不死人。再说了，孩子和孩子之间也不应该互相残杀。虽然知道这一点，埃尔维斯还是觉得很害怕，一颗心跳得厉害，就好像他们真的要干掉自己一样。约纳斯和谢勒那么讨厌他，肯定要给他点儿颜色瞧瞧。

这时，黑尔佳突然出现了。黑尔佳。埃尔维斯的心里一阵刺痛。安娜罗萨曾说过，黑尔佳是世界上最漂亮的女孩。可在埃尔维斯看来，黑尔佳是个不折不扣的危险人物。黑尔佳手里拿着一根跳绳，埃尔维斯一看见跳绳，立刻有种不祥的预感。

那是一根又粗又结实的麻绳。

经过教堂墓园的时候，埃尔维斯一个急转弯，从树篱间的一个小洞中钻了进去。另外三个人争前恐后地想要从小洞中挤进去，结果卡在了那里，气得骂骂咧咧。埃尔维斯因此争取到了微弱的领先优势，可又有什么用呢？

“这下看你还往哪里逃！”没过多久，他的耳畔又响起了谢勒的声音。

头顶传来麻绳迅速甩动的嗖嗖声，下一秒，埃尔维斯已经被结结实实绊倒在地。麻绳打成的绳结牢牢套住他的小腿，令他动弹不得。还没等埃尔维斯反应过来，三个人已经朝他扑了上来。

“有本事你再跑啊！”

“让你尝尝我们的厉害！”

“胆小鬼埃尔维斯！”

黑尔佳的眼睛眯成了一条缝。他们三个站在他面前，以居高临下的姿态俯视着他。谢勒晃了晃手里的塑料手枪，约纳斯两只脚一前一后地跳着，挥舞着拳头，做出进攻姿态，像是随时准备给他来上一拳似的。

黑尔佳蹲下身，开始扯他的靴子。埃尔维斯拼命蹬腿，想要极力挣脱。约纳斯和谢勒牢牢抓住他，埃尔维斯还想继续挣扎，可他的抵抗已经失去了力气，整个人已经彻底放弃了。

这都要怪黑尔佳。在她面前，埃尔维斯就好像一只泄了气的皮球，不然的话，他才不会轻易认输呢。黑尔佳是安娜罗萨的好朋友，而安娜罗萨的好朋友是埃尔维斯的敌人。他一想到这里就觉得心痛，心痛到完全失去了抵御能力。

黑尔佳已经扯掉了一只靴子，埃尔维斯的腿又开始乱蹬起来。约纳斯一拳打在他鼻子上，打得他眼冒金星。不知道是谁将他的帽子往下拽了拽，正好遮住了他的眼睛。而黑尔佳也已经扯掉了他的另一只靴子。

“把他绑起来！”谢勒嚷嚷道。

他们将埃尔维斯的双手绑在背后，又将他的两只脚捆在一起。埃尔维斯已经无所谓了，他们爱怎么着就怎么着吧。他依稀感到自己被拖着走。帽子在颠簸中掉了下来，埃尔维斯这才发现，谢勒抬着他的两条腿走在前面，约纳斯拽着他一侧的胳膊，一路小跑跟着。他明显很吃力，时不时骂上两句。走在最后的是黑尔佳，手里还拎着他的一双靴子和他掉下来的帽子。

“我们怎么处理他？”约纳斯气喘吁吁地问。

“把他扔进太平间算了！”谢勒说。

教堂墓园不远处有一座小小的白房子。埃尔维斯听说那里就是太平间，里面有很多装着死人的棺材，都是第二天准备下葬的。埃尔维斯又开始挣扎起来。谢勒一脸嘲讽地看着他。

“怎么了，你又尿裤子了？”他问。

黑尔佳嘻嘻笑了起来。

“他上学第一天就尿裤子了。”她说。

黑尔佳是怎么知道的？埃尔维斯的心里一阵刺痛。难道是安娜罗萨告诉她的？黑尔佳和自己不在一个班，她比埃尔维斯大一岁，已经上二年级了。再说她是转学来的，那个时候还不在这个学校呢。

安娜罗萨不至于会做出这种事吧……？她不是还佩服埃尔维斯的胆量吗？埃尔维斯还记得，她说“你可真有勇气啊！”，自己听了可高兴了。

“尿裤子大王埃尔维斯！羞羞羞！尿裤子大王埃尔维斯！”黑尔佳叽叽咕咕地说。

他们把埃尔维斯拖到教堂墓园的一角。人们把凋谢的花朵、废弃的纸张和其他垃圾都扔在这里，还可以从这里借铁耙、打水。黑尔佳正忙着拧开水龙头。

他们没去太平间。约纳斯和谢勒说，太平间锁上了，所以他们干脆换个更偏僻的地方算了。墓园里有两个地方基本没什么人去。一处堆满了沙子，冬天下雪的时候，墓园里的小路结了冰，在上面撒上沙子能够防止行人滑倒；一处堆满了垃圾。他们让埃尔维斯自己选“棺材”。

埃尔维斯没吭声，于是就被拖来了垃圾这里。他看见黑尔佳正往他的靴子里灌水。

“尿裤子大王埃尔维斯，羞羞羞！”她嘴里还在叽叽咕咕。

水咕嘟咕嘟地直往靴子里灌，黑尔佳一头长发迎风飘扬。她是“世界上最漂亮的女孩”……太阳热辣辣地照在脸上，埃尔维斯闭上了眼睛。

他们三个将埃尔维斯扔在地上，然后合力掀开了“棺材”的盖子。

“好啦！约纳斯，你抓住这儿！来吧！”

“一！二！加把劲……三！”

埃尔维斯被扔进了垃圾桶里！他整个人陷进了软软的垃圾里，疼倒是不疼。桶盖嘭的一声合上了，他的眼前一片漆黑。

“等一下！把盖子打开一下！”

黑尔佳跑了过来，埃尔维斯能听见她咯咯的笑声。谢勒和约纳斯又掀起了盖子，三双眼睛齐刷刷地盯着埃尔维斯。他本能地避开他们的目光。约纳斯和谢勒的目光仍然透着杀气，让他不寒而栗。埃尔维斯还有些难为情——虽然他不知道自己为什么难为情。

黑尔佳高高举起他的靴子，一手一只。她托着鞋底，然后猛地将靴子倒扣过来，靴子里的水哗啦啦地灌进垃圾桶，全都浇在埃尔维斯身上。黑尔佳的目光始终盯着水流，看都不看埃尔维斯一眼。她的眼睛里透着掩饰不住的笑意，脑袋歪向一边，时不时噘起嘴巴。她的模样是那么无辜可爱。谁能相信她其实是个不折不扣的危险分子呢。

等水都倒光了，她才将靴子扔了进来，接着是埃尔维斯的帽子。垃圾桶盖又一次嘭的一声合上了。他们三个嘻嘻哈哈地跑开了。

埃尔维斯听见脚步声越来越弱，最后完全消失了，四周又恢复了安静。他几乎无法动弹，可心里却不再感到恐惧。光线透过垃圾桶上的隙缝和裂痕渗漏进来，变成星星点点的光斑。只要稍微挪一挪，他的身下就发出窸窸窣窣的响声。远处有汽车驶过的声音，头顶上偶尔还会掠过一架飞机。墓园里静悄悄的，一个人都没有。

埃尔维斯就这么躺着——周围的墓地里全都是死人。好吧，就这样吧。埃尔维斯也觉得奇怪，自己并不如想象中那么恐惧。

更无法理解的是，他突然还有点莫名的激动。前前后后发生的这一切实在太不寻常。他现在这样，身上湿漉漉的，手脚都被捆得牢牢的，孤零零地被丢在教堂墓园的垃圾桶里，还能怎么办呢？

他应该大喊救命的。

就算喊了，有谁会听见呢？除非附近传来脚步声，不然他再怎么扯破嗓子也是白费力气。

再说了，黑尔佳他们三个估计过一会儿就回来了。他们应该没那么大胆子，把他一个人扔在这里不闻不问。他们很可能就躲在附近，等着看他的笑话，一旦他大哭大喊起来，他们的诡计就得逞了。不能这么便宜了他们，埃尔维斯决定咬紧牙关一声不吭，倒要让他们疑惑一下。说不定还能反过来吓到他们。

埃尔维斯长这么大，还是第一次被人捆住手脚，丢在教堂墓园的垃圾桶里。这倒不失为一个好机会，让他静静地琢磨一些事。埃尔维斯在垃圾堆里扭来扭去，想要调整到一个比较舒服的姿势。他的鼻子下面痒痒的，可又抓不到。大腿上湿漉漉的，冰凉凉的。都是黑尔佳，非要往他身上浇什么水啊。不然的话，他现在还能舒服点儿。但无论怎样，他们都别想让他哭出来。

要是有什么东西可以拿来玩就好了。埃尔维斯用手指在背后摸来摸去。他摸到一根干枯的树枝，树枝上长满了尖尖的针刺。应该是从云杉花圈上掉下来的。

不知道云杉花圈的主人正躺在哪一块墓地里呢？这个问题的答案，埃尔维斯恐怕永远不会知道。但想想也挺有意思的。无论是什么东西，只要被扔进了垃圾堆，就再也没有人在乎它们曾经的生活轨迹和肩负的使命。它们统统被贴上了垃圾的标签，无一例外。

哎呀！他的膝盖下面有什么在动！

哎哟哟！动得还挺厉害！

等等，他没看错吧！一只老鼠！又是一只！

垃圾堆里好像藏了个老鼠窝似的。灰眼睛的老鼠一只接一只地跑了出来。它们盯着埃尔维斯，完全没有害怕的模样，在他肚皮上跑来跑去。

埃尔维斯也不觉得害怕。他从不怕任何动物，尤其是老鼠。现在，他反倒觉得不那么孤单了。

他脑海中突然闪过一个念头！这些老鼠该不会是来帮他的吧！它们也许是来报恩的——感谢他拯救过那么多它们的同胞。在乡下的时候，妈妈一见到老鼠就叽里哇啦地尖叫，爸爸于是拿着火叉一顿乱打。埃尔维斯总是设法转移爸爸的注意力，然后偷偷将老鼠放出去。他对此还挺在行的。

这些老鼠大概在商量如何咬断绳子，帮助他重获自由。这太不可思议了。这种事，埃尔维斯只在童话书里读到过……

他屏住呼吸耐心等待。老鼠们似乎毫无头绪，只是匆匆忙忙地跑来跑去。埃尔维斯试着和它们说话，它们竖起耳朵听了听，然后茫然地看着他，一副兴致索然的样子，而且到目前为止，它们什么表示都没有。

就在这时，垃圾桶盖突然嘎吱一声被掀开了。老鼠们立刻四散逃窜，转眼就不见了踪影。阳光猝不及防地照在埃尔维斯脸上，晃得他睁不开眼。他全部的注意力都集中在老鼠身上，以至于什么声音都没听见。

“我的老天哪！这是什么啊！”

教堂看门人站在垃圾桶边，吃惊地看着埃尔维斯。他们算是老熟人了。埃尔维斯在墓地上种花的时候，和他打过几次照面。

“你怎么跑到这儿来了？”

教堂看门人赶紧将埃尔维斯从垃圾桶里拉了出来，然后三下两下解掉了他身上的绳子，扶着他站起来。

“你身上都湿了！脚上的靴子也没了！这都是谁干的？”

埃尔维斯一声不吭。要是他现在说了，可能会忍不住哭出来。他一个人在垃圾堆里撑了那么久，突然有人同情他，安慰他，关切地询问他整件事情的经过，他肯定就撑不住了，一哭起来就收不住了。

埃尔维斯默默穿好靴子，努力不让自己分心，然后逃也似的跑回家去。

对于之前发生的一切，他不知道该如何向别人说，也搞不清楚事情是怎样一步步发展到这个地步的。他一想到那些，脑袋里就乱糟糟的。

妈妈说，她看到埃尔维斯的第一眼，整个人都快昏过去了。她一定得搞清楚究竟发生了什么。

“没什么，我们闹着玩来着。”埃尔维斯说。

“我们是谁？”妈妈问。

可埃尔维斯不能说。

“不知道。”他吸了吸鼻子。

妈妈这才发现，埃尔维斯的鼻子流血了。他的衣服湿漉漉的，磨破了不少地方。妈妈说，他的脸色那么苍白，眼睛也失了神，就像发了高烧一样。

不过爸爸觉得没什么大不了的。

“男孩要长成男人，都得要历练历练的。”他说，“你还好吧，埃尔维斯？”

“我没事。”埃尔维斯说完，突然发现自己的嗓子沙哑得厉害，再也没法回答更多问题了。

3 獐耳细辛和它的银莲花

黑尔佳今天没空和安娜罗萨一起玩，她要和妈妈去商店买新鞋子。

“她说她要找到城里最漂亮的一双鞋，所以要花很长时间。”安娜罗萨告诉埃尔维斯。

埃尔维斯认真地听着，他希望黑尔佳永远都不要回来。

“说不定要花一整天呢。”安娜罗萨认真地说。

埃尔维斯故意叹了口气，内心却暗暗高兴。这意味着，他放学后可以和安娜罗萨一起玩了。

“那你今天一天都不用去找黑尔佳吗？”埃尔维斯试探地问。

“看样子是不用。”安娜罗萨说。

她也叹了口气，充满失望的那种。

“但愿她不是和别人在一起。”安娜罗萨说。

埃尔维斯不知道自己该如何回答。他知道黑尔佳干得出这种事，借口和妈妈去店里买鞋，其实和其他女生在一起，也难怪安娜罗萨会起疑心。

“好在你还有我呢。”埃尔维斯最后说了一句。

“嗯。”安娜罗萨应了一句，就没再吭声了。埃尔维斯知道，和他在一起是一回事，和黑尔佳在一起是另一回事。两者没法相提并论。

不过想到能和安娜罗萨一起玩，他还是很高兴的。他已经渐渐接受和黑尔佳分享安娜罗萨的事实。当然，就算他提出反对也没有用。在安娜罗萨看来，有一个女孩子的好朋友比什么都重要。不过他也知道，安娜罗萨和自己在一起的时候最自在，最开心。因为他永远不会骗她。

现在是四月初的春天，他们一放学就出了城，一路往乡下跑去。城外有一片小树林，距离学校不算太远。

他们一人找了根树棍，在树林里边走边找獐耳细辛。太阳暖暖地照在身上。他们用树棍小心翼翼地拨开去年的落叶。

獐耳细辛应该已经长出来了，不过数量很少，所以他们得耐心寻找。银莲花还没开，不过也快了。埃尔维斯默默地走着，低头看得很仔细。安娜罗萨一直在说话。她找得心不在焉，讲来讲去，话题都离不开黑尔佳，包括黑尔佳说了什么，黑尔佳做了什么，黑尔佳有什么打算。她每时每刻都在惦记着黑尔佳。

关于黑尔佳，埃尔维斯也有话说，比如前几天在教堂墓园发生的事情。安娜罗萨对此一无所知，她完全不清楚埃尔维斯经历过什么。要是她知道的话，对黑尔佳的好感肯定荡然无存，估计从此再也不愿见黑尔佳了。一五一十地告诉安娜罗萨，倒不失为摆脱黑尔佳的一个好办法。

要是他……

那样一来的话……

埃尔维斯和安娜罗萨就又能在一起啦，只有他们两个！

可是不行，他不能这么做。这件事太难启齿。埃尔维斯自己都还没搞清楚那天究竟发生了什么。他一想起来就觉得头疼。再说了，安娜罗萨当真和黑尔佳绝交的话，受伤的也是安娜罗萨自己。黑尔佳才不在乎呢，她很快就能再找个好朋友。

埃尔维斯看了看安娜罗萨。硬生生把黑尔佳从她身边赶走实在太残忍了。这种事埃尔维斯做不出来，也不愿去做。她最好还是蒙在鼓里算了。看安娜罗萨笑得那么开心，埃尔维斯决定不再胡思乱想，认真听听她到底在说什么。安娜罗萨正在和埃尔维斯分享一个天大的秘密，这个秘密是黑尔佳告诉她的。

“黑尔佳不许我告诉其他人，可我跟她说，我是打算告诉你的。”安娜罗萨说。

埃尔维斯开心极了。他完全没想到，安娜罗萨居然会在黑尔佳面前提到自己！一直以来，他都以为，安娜罗萨只会当他的面不停地聊黑尔佳的事。所以和黑尔佳在一起的时候，安娜罗萨也是埃尔维斯长埃尔维斯短地说个没完喽？难怪黑尔佳那么讨厌他！埃尔维斯被幸福冲昏了头脑，甚至没搞清楚安娜罗萨所说的天大的秘密究竟是什么。

“你不觉得很奇怪吗，世界上竟然有那么多的小孩子，大人们都不嫌麻烦的吗？”安娜罗萨感慨了一句。

“怎么麻烦了？”

“就像黑尔佳说的那样啊！”

“哦哦，应该就是那样。”埃尔维斯含混地答道。他不想让安娜罗萨看出来，自己刚才走神了一小会儿。

“我一开始还不信呢！”安娜罗萨的情绪变得激动起来，“还好我现在知道了！”

“知道什么？”

“就是说，要是我们的妈妈不和爸爸那么做的话，世界上就没有我，也没有你了。你懂吗？”

不懂，埃尔维斯听糊涂了。

“世界上就没有你，也没有我了？”

“对呀，这不是很怪嘛！”安娜罗萨说。

“是呀……”

埃尔维斯又琢磨了一遍安娜罗萨说的话，他并不明白“那么做”的具体含义。可是要说，世界上就没有他了，这一点埃尔维斯是不信的。爸爸妈妈曾经和他说过，埃尔维斯是他们“做”出来的，可没说过具体要怎么做。他更不理解的是，既然爸爸妈妈不想要他，干吗要把他做出来呢。

要说世界上其他的孩子是以这种或那种方式“做”出来的，他还可以理解，可要是说，爸爸妈妈不“做”的话，世界上就没有安娜罗萨和他两个人了，这他绝对不能同意！安娜罗萨是一定会有的！他也是！这和他们的爸爸妈妈做了什么没有关系。

可安娜罗萨说，这其中一定是有关系的。见埃尔维斯不相信自己，她有点生气。

“以后，等我们结婚了，如果想要孩子的话，我们也得这么做。”她说。

埃尔维斯愣了一下，安娜罗萨都这么说了，再要争出个对错实在没有意义。

“那我们就这么做好了。”他说。

这时，安娜罗萨停下脚步，朝前面一指。

“快看啊！银莲花开了！”

她朝着一块草地跑去，银莲花已经打开了白色的花骨朵儿。春天里绽放的第一批银莲花！她欣喜地伸出手去。

“是我先看到的！”

“别摘！让它们留在这儿吧！”埃尔维斯喊道。

安娜罗萨缩回手，站了起来。埃尔维斯蹲下身，轻轻地拨开银莲花周围的枯叶。一簇獐耳细辛冒了出来。

“这回是你先看到的！”安娜罗萨说。

藏在枯叶下的獐耳细辛仿佛一只小小的蓝绒球。银莲花以守护的姿态立在一旁。虽然只有寥寥五朵，但它们挺拔而茁壮，透出勃勃生机。

一阵风吹过，枯叶发出窸窸窣窣的响声。银莲花和獐耳细辛微微摇晃着脑袋，互相致意，就好像一见如故的朋友，有着说不出的喜悦。埃尔维斯凑近前去，看得入了迷。

太不可思议了——獐耳细辛的蓝色变得越来越明亮，越来越纯净。它们一开始还显得有些苍白，现在已经湛蓝湛蓝的了，埃尔维斯从没见过这么纯粹的蓝色！

他突然明白了，其实事情是这样的——

直到遇见了银莲花，獐耳细辛才意识到自己就是獐耳细辛，所以才有勇气展现出全部的蓝色。

他懂了！

埃尔维斯抬起头，注视着安娜罗萨。他一双眼睛亮晶晶的，目光平静而坦诚。

他也是这样。

直到遇见安娜罗萨，他才意识到自己就是埃尔维斯，所以才有勇气展现出典型的埃尔维斯的一面。

这是多么让人惊喜的发现！

不，他不要将黑尔佳从安娜罗萨身边赶走。他不想让安娜罗萨难过，只希望她快乐。

埃尔维斯深吸了一口气，然后说："黑尔佳的眼睛和獐耳细辛的花瓣一样蓝。"

他说的是实话。黑尔佳有一双湛蓝湛蓝的眼睛。

安娜罗萨看着他，整张脸都明媚了起来，唇角洋溢着掩饰不住的笑意。

"对，因为黑尔佳是世界上最漂亮的女孩。"她说。

4 高尔夫球事件

埃尔维斯刚刚放学回来，他站在家门外的大街上，透过窗户看着卧室墙壁上晃动的人影。

卧室的窗户大敞着，阳光将整个房间照得亮亮的，波浪般的旋律传入埃尔维斯的耳朵。

那里面就是他的家！

那里面住着妈妈、爸爸和埃尔维斯。打从埃尔维斯记事起，他们就住在里面。奇怪！尽管埃尔维斯清楚地知道房间的模样，所有家具和摆设陈列的位置，可却突然产生了一种前所未有的陌生感。

那感觉就好像他从未在那里生活过一样！

不过音乐还是熟悉的，那是猫王埃尔维斯·普雷斯利的声音。妈妈跟着他哼唱起来："Treat me nice / Treat me good / Treat me like you really should / 'Cause I'm not made of wood / And I don’t have a wooden heart.”[1]

尽管听不懂英文歌词，埃尔维斯还是能记下整首旋律。这首歌他听了好多遍，妈妈说，歌词大意是，大家都应该对埃尔维斯·普雷斯利好一点儿，因为他的心不是木头做的。埃尔维斯·卡尔松的心当然也不是木头做的。

墙上晃动的人影是妈妈。她将塞桑抱在怀里，边跳边唱。看得出，她现在很高兴。

埃尔维斯曾经无数次目睹过类似的场景，可为何今天却显得如此遥远和陌生？埃尔维斯自己也说不清楚，可他并不害怕。无论过去多久，他都会记得此时此刻的这一幕——音乐，阳光，以及妈妈在墙上的投影。当然，现在他还不知道自己会记住这一幕。他只觉得奇怪。他轻轻叹了口气，不知道自己是该难过还是高兴。

这时，妈妈抱着塞桑走到窗前。

“小埃尔维斯，你怎么站在这儿！”妈妈脸上露出一个微笑。

妈妈今天穿了一条灯笼袖的蓝色连衣裙，她刚洗过头发，湿漉漉的发卷在阳光下泛着亮亮的光泽，她的脸颊上还透着两

① 歌词大意：好好对待我，对我好一点，像尽你的本分一样对待我，因为我不是木头做的，我没有一颗木头的心。——译者注

团淡淡的红晕。

埃尔维斯突然觉得，妈妈真好看。他心里涌起一股暖流：妈妈原来可以这么漂亮，他以前居然都不知道！

“你不回家吗？”妈妈问。

埃尔维斯始终无法将目光从妈妈身上挪开。他当然要回家，可他一时缓不过神来，只顾着怔怔地注视着妈妈。

“你在看什么呢，埃尔维斯？有哪儿不对劲吗？”

“你身上穿的是新连衣裙吗？”埃尔维斯问。

妈妈笑了起来。

“就这破布！”她说，“我每天都穿，你没看见吗？”

没有，埃尔维斯没看见。

“挺漂亮的。”他说。

“你知道什么，”妈妈笑得更厉害了，“一点儿也不漂亮。”

妈妈朝大街上看去。有人遛着狗远远地走了过来，塞桑汪汪叫了起来。

突然间，一切又恢复了原样。那种熟悉的感觉又回来了——毫无疑问，这就是埃尔维斯的家。他加快步伐，朝院子跑去。

埃尔维斯坐在厨房里，喝着牛奶，吃着三明治。妈妈站在水槽边洗碗。音乐声已经停了。

埃尔维斯偷偷打量着妈妈。妈妈还是原来的那个妈妈，只不过比平时更漂亮一点儿。埃尔维斯忍不住看了又看。

奇怪的感觉消失了，可埃尔维斯心里还有点恋恋不舍，隐隐在期待着什么。可究竟是什么，他也说不清楚。

埃尔维斯从餐桌边站起身。

“我出去一会儿。”他说。

“你去哪儿？”

“不知道……”

他说谎了！他当然清楚自己要去哪儿。他要去安娜罗萨·彼得松家。黑尔佳感冒了，安娜罗萨在等着他呢。不过他不能把实情告诉妈妈，尤其是，他要去的是安娜罗萨的家。妈妈认为安娜罗萨的妈妈相当可怕。她说，埃尔维斯绝不应该和那种人混在一起。好在妈妈今天没多问。

“别在外面待太久。记得五点前回来。”看着埃尔维斯的背影消失在门口，妈妈匆匆忙忙地叮嘱了一句。

埃尔维斯紧赶慢赶，以最快的速度赶到了安娜罗萨家，安娜罗萨已经急得直跳脚。

“快一点儿！去那儿还有好长一段路呢！”她说。

“我得赶在五点前回家。”埃尔维斯说。

“你不应该给自己规定时间的，”安娜罗萨说，“我都不知道什么时候能完。”

“这个时间不是我定的。”埃尔维斯说。

安娜罗萨一副若有所思的表情，然后她问埃尔维斯身上带没带钱。埃尔维斯没带。安娜罗萨也没有钱。

“要是有钱的话，我们就可以坐汽车去了。”

她拉着埃尔维斯，往太婆婆的房间走去。

“我们问她借钱。她肯定有钱。”安娜罗萨说。

太婆婆坐在靠窗的椅子上，见到埃尔维斯来了很是高兴。每次她都要把八音盒拿出来，然后拧紧发条，照她的说法，至少能放支小曲儿给埃尔维斯听听。太婆婆随着音乐的节拍微微点头，等一曲结束后才意犹未尽地合上盖子。

太婆婆环视着自己的房间，用眷恋的目光打量着一件又一件家具，显得不慌不忙，可一旁的安娜罗萨却急得团团转。

“我能问您件事吗？”安娜罗萨忍不住开了口。

太婆婆看了看安娜罗萨。太婆婆有一双大大的眼睛，埃尔维斯觉得，她在倾听别人说话的时候，更像是用眼睛，而不是用耳朵。

“等一下！”太婆婆说完，看了看埃尔维斯，然后继续道，“既然现在有人愿意听我说话，那我正好说一说我的心里话。”

太婆婆冲埃尔维斯微微一笑。所谓“有人”，指的就是埃尔维斯。埃尔维斯一定能猜透她的心思：太婆婆有重要的事情要宣布。

“安娜罗萨，我希望你妈妈能继承这些家具，”太婆婆说，“柜子和床就留给你外婆！”

“这您早就说过了。”安娜罗萨说。

“我知道，”太婆婆说，“不过每次我说的时候，你们都不当回事。”

太婆婆又在房间里看了一圈，然后说，如果自己走后这些东西都能物尽其用，那就再好不过了。

“我死了以后，这些家具摆设之类的要是没人管没人问，未免也太可惜了。”她说，“我希望现在就帮它们安置好去处，至少还能派上点儿用场。那本旧地图册就送给埃尔维斯了。这只八音盒算是你的，安娜罗萨。记住了！”

埃尔维斯惊讶得说不出话来。当听说太婆婆把旧地图册送给了自己，他内心一阵狂喜。那本地图册里呈现出一个不复存在的世界，而自己在未来的某一天即将变成地图册的主人。

“不过要等我死了才行！”太婆婆说。

“那当然。”埃尔维斯说。

“好在你也不用等太久。”安娜罗萨安慰他。

然后她问太婆婆，能不能借点儿车费给他们。太婆婆爽快地答应了，她说车票钱算是她请的，但她只帮他们出单程票的钱。太婆婆没问他们要去哪儿，也对他们坐车去走着回，还是走着去坐车回无所谓。反正走走路总没什么不好。

埃尔维斯和安娜罗萨告别了太婆婆，商量好一起坐车过去，然后走回家。

“不管怎么说，最后总能回家的。”安娜罗萨说，“去的时候可不能耽误时间。”

他们赶到广场上的汽车站。汽车每半小时一班，他们到得很巧，一分钟也没浪费。今天的运气真不错。

安娜罗萨很早就提议说，他们可以去城外的高尔夫球场玩。那是有钱人打高尔夫的地方，草坪上到处都是崭新崭新的高尔夫球。

“多到你都想象不出来！只管捡就是！”

这是真的。埃尔维斯从没有过这种经历。他们在高尔夫球场附近下了车。球场上空荡荡的，一个人都没有。他们真是走运。

高尔夫球场的草坪绿油油的，仿佛一块绒绒的地毯在他们眼前无边无际地延展开来。埃尔维斯和安娜罗萨欢呼雀跃着奔了过去。埃尔维斯在一簇灌木丛里找到了第一只高尔夫球！紧接着，安娜罗萨也找到了一只！生活是多么厚待他们，好运接连不断。埃尔维斯和安娜罗萨在柔软的草地上跑来跑去，绕着灌木丛捉迷藏。白色的小圆球藏得到处都是，就和采蘑菇一样令人激动。埃尔维斯想到爷爷家附近的伞菌农场，那感觉简直一模一样。

“早知道带只塑料袋出来了！”安娜罗萨嚷嚷道，“我的口袋都快塞满了。”

“我的也是！”埃尔维斯也大声地回应，“我们下次再来吧！”

埃尔维斯整个人快要被幸福淹没了！他自由自在地奔跑在草坪上，这片高尔夫球场仿佛只属于他和安娜罗萨两个人！这里还长着象征幸运的四叶草，奶奶经常说起《圣经》里的伊甸园，大概也不过如此吧。不，肯定还不如这里有趣。

“还好别人都没发现这个地方！只有我们知道！”埃尔维斯说。

是啊，满场的高尔夫球都成了他们两个的财富。

关于高尔夫球场的事，安娜罗萨是从埃纳尔那里听说的。

“你知道的，他可能会成为我的爸爸。”安娜罗萨说。

“哦，就是那个布罗瓦尔。”埃尔维斯说。

“可惜他喝酒。”安娜罗萨说，“不然他就是全世界最好最好的爸爸。”

“其实这也没什么要紧的，”埃尔维斯安慰她说，“我爷爷偶尔也喝酒，我妈妈说他喜欢灌‘迷魂汤’。可他还是全世界最好最好的爷爷。”

“你知道吗，捡高尔夫球这么好玩的事情，只有埃纳尔想得出来！”安娜罗萨说着，又找到两只高尔夫球。

埃尔维斯当然知道。他真心实意地希望布罗瓦尔能成为安娜罗萨的爸爸，因为安娜罗萨再也找不到比他更好的爸爸了。安娜罗萨自己也这么觉得。

“埃纳尔是独一无二的！”她说。

哎呀呀，埃尔维斯和安娜罗萨的口袋里都塞满了高尔夫球！他们身上有好多口袋，衣服口袋、裤子口袋，全都塞得鼓鼓囊囊的，塞到他俩看起来都变了形。他们笑着，叫着，用夸张的姿势一摇一摆地走路，故意跌倒在草坪上。他们玩得忘记了时间，忘记了地点。

突然，高尔夫球场上出现了其他人的身影，可他们谁都没注意到。一辆黑色汽车在入口处停了下来，两个身穿制服的男人穿过草坪，朝他们走了过来。直到那两个男人走到跟前，他俩才回过神来。来的人是两名警察。

埃尔维斯和安娜罗萨完全蒙了。他们面前突然出现了两名警察，质问他们在这里做什么！高尔夫球场外的路上已经聚集起不少人，还冲着他们指指戳戳！出了什么事？他们究竟做了什么？

警察又问了一遍同样的问题。

“你们两个在这里干什么？”

“我们在捡高尔夫球。”埃尔维斯答道。

“这是不允许的！”警察说，他们不能在这里捡高尔夫球。

接着，可怕的事情发生了！

“你们跟我们去一趟俱乐部，把这件事情好好交代一下。”警察说。

在埃尔维斯听来，“俱乐部”是一个恐怖的词。他在电视上看过拳击比赛，拳击手出场时，主持人都会介绍，该选手来自某某俱乐部。他和安娜罗萨耳语了一番，安娜罗萨笑了起来。

“所以我们要去打拳吗？”她问。

其中一个警察也笑了。

“这倒不用……”他说。

他们忐忑地跟着警察来到俱乐部。里面站着一名女士，就是她打电话报的警。她询问了他们俩的名字、家庭住址，然后写了张纸条递给警察。

“麻烦将这些信息登记在案，这样我们才能杜绝这种恶劣行为！”她说。

“会不会有点小题大做了？”其中一个警察问。他就是刚才发笑的那个。

但俱乐部的女士说，她必须对高尔夫球场发生的一切负责，现在是时候采取一些强硬手段了。她不能纵容偷高尔夫球的行为。

听到这话，安娜罗萨生气了。

“偷？”她说，“我们是自己捡到的。”

埃尔维斯也有点恼火。

“没错。”他说，“草地上的高尔夫球都是那些有钱人丢掉的。他们才懒得找。”

“反正不管怎么说，你们这种行为就是偷窃。”俱乐部的女士说，“我们坚决不能容忍！”

埃尔维斯和安娜罗萨必须当着她的面，清空身上所有的口袋。

“变变变，变变变。”安娜罗萨一边念念有词，一边不情愿地掏着口袋，慢吞吞地将高尔夫球一只只掏出来。

她冲着俱乐部的女士愤愤地瞪了一眼，丝毫没有愧疚的意思。埃尔维斯也还好，只是觉得口袋里的高尔夫球像一只只烫手山芋似的，他以最快的速度将它们掏出来，然后厌恶地扔在一旁。其中一只顺着地板骨碌碌滚远了。

“喂，说你呢，动作轻点！有你这么毛毛躁躁的吗！”俱乐部的女士埋怨道，逼着他将球捡回来。球在地板上滚来滚去，弄的埃尔维斯狼狈不堪，最后还是那两个警察帮他解了围。

两个警察一脸不高兴的样子。走出俱乐部大门时，其中一个回过头问俱乐部的女士：“这么做真的有必要吗？”

“当然有必要。针对这种行为，不采取一些措施是不行的。随便哪个小孩子都能溜进来偷我们的高尔夫球，看着像什么话！”

“这样一来，他们在警察局就会留下案底了，你想过吗？”警察问。

“这不能赖我。他们应该自己想清楚的。”俱乐部的女士说完，将高尔夫球都收了起来。

埃尔维斯和安娜罗萨坐着警车回了城。两个警察都很好心，他们也不愿意插手这件事。

“不过既然那个女士打电话报了警，我们就必须在第一时间赶到现场。”他们解释说。

“没关系的。”安娜罗萨说，“我从来都不害怕警察的。是吧，埃尔维斯？”

“我也不怕。”埃尔维斯说。

警察说，现在最糟糕的情况是，他们的爸爸妈妈会收到一封来自警察局的信。不过他们保证，他们会尽一切努力避免这种事情发生。除此之外就没什么了，他们也不必过于紧张。

紧张不紧张的，埃尔维斯现在还感觉不到。不过警察提出要送他回家时，他却果断拒绝了。他可不想坐着警车回家，妈妈要是看见了，非气昏过去不可。

“我走回去也是一样的。”埃尔维斯说，“你们把我送到家附近就行。”

不过安娜罗萨情愿坐着警车回去，她觉得这样很拉风。

埃尔维斯让警车在他家的前一个街角停了下来。这样，妈妈从窗口望出去，就看不到他从警车里出来的画面了。

就在他刚准备要走的时候，后座上的安娜罗萨突然叫住了他，然后从口袋里掏出两只高尔夫球，将其中一只递给埃尔维斯。

“我悄悄留了两只下来。”她说，“一只给你，一只给我！”

埃尔维斯偷偷看了一眼警察，他们正直视前方，你一言我一语地聊着天，完全没留意后座发生的事。后来，安娜罗萨笑着玩起了手中的高尔夫球，他们也像没看见似的。

“现在几点了？”埃尔维斯问。

“快五点了。”其中一个警察答道。

太好了，这下他能按时赶回家了，也不需要绞尽脑汁向妈妈多解释什么。反正他按照要求在五点前回来了，妈妈自然没什么可说的。

“再见。”埃尔维斯说完，以最快的速度往家跑去。

他将高尔夫球藏在裤子口袋的最深处，这样从外面看不出来。埃尔维斯心想，等回家以后，他得藏个更隐蔽的地方，以免妈妈发现。

5 被发现了

妈妈已经全都知道了！

埃尔维斯一上楼梯，妈妈就砰的一声打开了门。埃尔维斯一看妈妈的表情就明白了。

没错。是希万阿姨打的电话。妈妈刚和她聊过。希万阿姨说，今天她刚从牛奶店出来，就看见街角停了一辆警车，里面坐着两个警察。车后座上还有一个熟悉的身影。她定睛一看，可不就是埃尔维斯·卡尔松嘛！他身边还坐着一个女孩，那女孩她也认识——安娜罗萨·彼得松！

事情就是这么个事情。现在妈妈想知道，埃尔维斯究竟是怎么搞的，他总要给出个合情合理的解释吧？

“希万阿姨看到的是真的吗？”妈妈瞪大了眼睛盯着他。

“是真的。”埃尔维斯老老实实地答道。

他没法撒谎。有的时候，他很容易就能编出一串谎话，可这次不行。妈妈像是要晕倒了一样，一屁股坐在椅子上。埃尔维斯看得出来，妈妈的确被气得不轻。他也觉得很难过，可又没办法。妈妈开始一个劲儿地追问下去，问到后来，埃尔维斯整个人晕乎乎的，根本答不上来。可妈妈还是不死心。说实话已经满足不了妈妈的好奇心了，埃尔维斯只好胡编乱造起来。往往这一个问题没答完，后面十个问题又跟了上来，简直一团糟。最后，连埃尔维斯自己都不知道哪些是真话，哪些是谎话，哪些是真实发生的，哪些又是他的臆想了。他只是机械地往下讲，讲个不停。

他告诉妈妈，安娜罗萨和那两个警察是认识的。因为其中一个可能是她的爸爸。他们两个约好了一起出去找警察玩。他们去了一个有钱人去的高尔夫球场，在那里打了高尔夫。他们玩得很开心，最后警察开车把他们送回了家。

妈妈愣住了，一脸惊讶地看着埃尔维斯，一副欲言又止的样子。

“可是……可是？”

没什么可是的。就是这样。打完球后，他们每个人还得到一只高尔夫球作为纪念呢。埃尔维斯在口袋里摸了半天，好容易掏出那只高尔夫球，递到妈妈面前，证明自己说的是实话。妈妈接过高尔夫球，看着它出神。

“真不敢相信安娜罗萨的爸爸是警察！我得给希万打个电话，问问是不是真的。”

“我估计她也不知道。”埃尔维斯试探地说。

“为什么她会不知道？”

“因为连安娜罗萨的妈妈都不确定……这事只有安娜罗萨自己知道。”

听埃尔维斯这么说，妈妈忍不住笑出声来。她觉得这话太可笑了。

“我的小埃尔维斯，你真的什么都不知道。”妈妈说。

埃尔维斯觉得很受伤。他当然知道，还知道很多呢。

“傻孩子，”妈妈笑着说，“这次就算了，下次你可要多留个心眼儿。”

妈妈释然地笑了，她觉得埃尔维斯傻得很可爱。反正听希万阿姨的说法，问题应该不严重。

“不过话说回来，哪个警察会蠢到和安娜罗萨的妈妈在一起啊？”她说，“他还想不想继续干警察了！”

埃尔维斯不喜欢妈妈用这种方式谈论他的朋友，他从内心感到一阵强烈的抵触。

埃尔维斯特别调皮捣蛋的时候，妈妈会假装给警察打电话，数落埃尔维斯的不是。起初埃尔维斯信以为真，但后来他很快识破了妈妈的把戏。妈妈总是打给希万阿姨或者其他阿姨，然后假装对方是警察。埃尔维斯心里明镜似的，可从没说破。要说当面拆穿妈妈呢，他又于心不忍，只好总是一次又一次陪着演出拙劣的戏码。

可是这一次，埃尔维斯突然不想再忍下去了。他也知道自己之前撒了谎，可他还是定定地直视妈妈的眼睛，一字一顿地说道："警察说，他和你讲过电话！"

"啊？你说什么？他怎么会这么说？"

妈妈一脸惊恐地看着埃尔维斯。埃尔维斯用力点了点头。

"他说，你问他应该拿我怎么办，因为我总是调皮捣蛋，净做蠢事！"他继续说道。

妈妈的目光牢牢地黏在埃尔维斯身上。她知道这其中肯定有什么蹊跷，毕竟她从没有给警察打过电话，之前那些都是假装的。可埃尔维斯也的确听见了那些"对话"，她是故意的，为的是吓唬吓唬埃尔维斯。现在她犯了难，总不能向埃尔维斯承认，这些都是自己胡编乱造出来的吧。

最后，妈妈心虚地低下头，看着地板，可她仍能感觉到埃尔维斯灼灼的目光。

妈妈有些不知所措。她该怎么办？她该怎么说？可无论她做什么说什么，结果都不会太好。妈妈只得装出疲惫的模样，眯起眼睛，打了几个大大的呵欠。

趁着打呵欠的间隙，妈妈嘟囔着说，不管怎么讲，埃尔维斯都不应该和安娜罗萨 · 彼得松在一起。她强调过很多遍了，所以他应该心里有数才对！说完，妈妈径直走进卧室，一头倒在床上。她得好好休息一会儿。

“和你讲话真费神，埃尔维斯。”妈妈最后丢下一句。

埃尔维斯蜷缩在塞桑身边，躺在厨房的地板上。

过了一会儿，妈妈、埃尔维斯和塞桑都睡着了。屋子里静悄悄的，只能听见苍蝇在屋子里来回打转的声响。要是埃尔维斯醒着的话，他肯定会打开窗户放苍蝇出去。可现在，他正睡得又沉又香。

门厅就位于厨房和卧室之间，从厨房窗户透进来的一抹阳光正好落在门厅的地板上。

那只高尔夫球就沐浴在阳光中，泛出雪白的光泽。

埃尔维斯醒来的时候，第一个念头就是，幸好安娜罗萨把这只高尔夫球悄悄留了下来。这只球帮了他的大忙。要不是拿出高尔夫球作为证据，他怎么可能轻易在妈妈那里蒙混过关？

妈妈似乎很快忘记了这件事，至少她没再和电话阿姨们聊起过。

就这样过了好几天，可能一个星期……

然后，信箱里出现了一个棕色的信封。

信是儿童管教委员会寄来的！信上把整件事情的经过原原本本地描述了一遍。字字属实！关于埃尔维斯·卡尔松和高尔夫球的真相！

妈妈把信一连读了好多遍，才弄清楚整件事情的来龙去脉。她只觉得脑子轰的一声，几乎快要晕眩过去。

埃尔维斯不在家。爸爸也不在家。妈妈一个人在卧室和厨房间走来走去，脑海中不断浮现出棕色信封里所描述的可怕场景。

她打电话给希万阿姨，可对方不在家。她又给外婆打了电话，外婆也不在家。她打了一圈电话，可大家似乎都不在家。怎么偏偏是今天，她最需要和别人说说话的时候，一个人都找不到！

最后，她只得给爸爸上班的地方打电话。她知道爸爸不喜欢这样，可她别无选择。爸爸跟着货车出去提货了，妈妈没能和他说上话，只好拜托爸爸的同事，让他一回来就给自己回电话，关于一件非常重要的事！

然后她伤心地哭了起来，坐立不安，拿不定主意。

电话铃终于响了！是爸爸。妈妈央求爸爸立刻回家。爸爸问出了什么事，因为妈妈的声音让他觉得很不安。可妈妈在电话里怎么都说不清楚。她只说，发生了一件很可怕的事，是关于埃尔维斯的！

“我这就回来！”爸爸说完，挂上了电话。

十几分钟后，爸爸急急忙忙赶回了家，脸色苍白得厉害。他以为埃尔维斯出事了，比如被车撞了或是发生了其他意外。

妈妈将棕色信封递给他。

爸爸匆匆读完了信。然后又读了一遍。他一共读了两遍。然后他将信扔到一旁说，他这辈子就没见过这么蠢的东西。

就在这时，埃尔维斯回家了。

妈妈和爸爸面对面站在门厅里。妈妈一副伤心欲绝的样子，不停抹着眼泪。爸爸沉着脸，气得火冒三丈。怎么回事？

“你火急火燎地打电话给我，活活把我吓个半死，就为了这点鸡毛蒜皮的小破事？”埃尔维斯进门的时候，爸爸正在愤怒地咆哮。

他从地板上捡起那个棕色信封，在妈妈眼前晃了晃。

“你管这个叫鸡毛蒜皮的小破事？”妈妈抽抽搭搭地说。

这时，她一眼看见埃尔维斯，猛地朝他一指。

“你还关心你的儿子吗？”她说着说着，又哭起来。

爸爸试图让她平静下来，他说，自己当然是关心埃尔维斯的，这点妈妈再清楚不过了。可他现在没时间收拾这个烂摊子，他得赶紧回去上班，他要挣钱。

埃尔维斯动都不敢动，他巴不得自己能立刻从他们眼前消失。可他办不到，他只能站在门前的脚垫上，大气也不敢出。他不知道爸爸妈妈在吵什么。

他正疑惑着，突然听见妈妈对爸爸说了一句："你还不明白吗？你的儿子现在被登记在案了！我们的埃尔维斯遭到了举报，罪名是偷窃！他在警察局留下了案底，你懂了没有？"

埃尔维斯恍然大悟，整个人僵在了原地。爸爸妈妈是为了他在吵架！就是那天捡高尔夫球的事！现在又被提起来了！

"上面不是写着吗，案件已经撤销了。"爸爸说，"他们就是知会我们一声，没必要担心。"

"他们这么说，你就这么信啊？"妈妈抽抽搭搭地说，"儿童管教委员会的档案里，永远都会记上这么一笔：埃尔维斯曾经遭到举报，罪名是偷窃。这简直太可怕了……"

妈妈说不下去了，只顾着哭。爸爸无奈地看着她。埃尔维斯不知道自己该怎么办。他感到一阵阵揪心的痛。他想到去年圣诞节，自己连哄带骗让爸爸买给妈妈的那枚珍珠戒指。

"珍珠不是代表眼泪吗？"当时妈妈提过这么一句，不过大家都劝她说，那只是迷信的说法。现在他知道了，这并不是迷信。妈妈的眼泪像断了线的珍珠一样往下掉，他从没见妈妈哭得这么伤心。

塞桑也在呜呜咽咽个不停，它摇着尾巴，在妈妈脚边兜来兜去。爸爸一把抱起塞桑，不耐烦地将它丢进厨房，然后砰的一声关上了门。塞桑汪汪叫了起来，而且叫得越来越大声。埃尔维斯也很想大叫两声，可他只能沉默下去。爸爸朝他看了一眼。

“我得赶紧回去上班了，”他说，“你和妈妈好好说说。”

爸爸转身朝门口走去，妈妈紧紧追了上去。

“你就这么一走了之吗？把我们两个丢在家里？你是真不明白还是假不明白，埃尔维斯现在很危险，我们再不干涉就晚了！”

妈妈一说就停不下来。她让爸爸好好回忆一下，埃尔维斯这段时间以来的反常表现，比如那天鼻青脸肿地回了家，衣服脏兮兮湿漉漉的，破得不成样子，一看就和别人打架了嘛。妈妈说，他肯定交了些狐朋狗友。那次他死活都不肯说发生了什么事，从他嘴里，一个字都撬不出来！

这次他又撒谎了！而且这谎撒得简直离谱！他说他和安娜罗萨一起，和警察打高尔夫球，然后搭警察的顺风车回了家。他嘴里就没一句实话！其实呢，他们是偷高尔夫球去了！

“你知道这意味着什么吗？”妈妈最后问了爸爸一句，“这孩子以后会变成什么样，你心里就没点儿数吗？”

妈妈又哭了起来，她走进卧室，直接倒在床上。她说自己一直在努力让埃尔维斯走上正轨，可爸爸从来都袖手旁观，现在她再也撑不下去了。他们想怎么样就怎么样吧。她累了，再也不想操心了。反正没有她，爸爸和埃尔维斯也过得下去。

爸爸坐在床边，不停地安慰妈妈。

埃尔维斯被彻底遗忘了。他站在门厅的脚垫上，一步也不敢往前迈。他牢牢盯着椅子上的棕色信封。信封里藏着所有的不幸和灾难。埃尔维斯不敢伸手去触碰信封，甚至连多看一眼，他都觉得害怕。

谁能想到事情会发展到这一步呢！安娜罗萨想到一个好主意，他们俩都很期待，放了学就坐上汽车去了高尔夫球场。然后他们在草坪上尽情嬉戏打闹，还捡了好多别人不要的高尔夫球！一个星期后，信箱里就多了一个棕色的信封！

现在谁都高兴不起来了。尤其是妈妈……

爸爸给工作的地方打了电话，他决定留在家里安慰妈妈。爸爸倒没有生埃尔维斯的气，只是对寄信的人很反感。

过了几天，妈妈的情绪虽然渐渐平静了下来，可她始终耿耿于怀。每天吃晚饭的时候，她都要反复和爸爸念叨，今天她又给谁打了电话说了这件事，对方的反应有多么强烈。她希望爸爸能意识到这件事的严重程度。

然后她看着埃尔维斯，摇了摇头。

“你给我当心点儿，埃尔维斯！现在有眼睛在盯着你呢。做任何事之前都要动动脑子！”

那安娜罗萨呢？她也是当事人之一啊！她妈妈也收到了一个棕色信封！

安娜罗萨的妈妈、外婆和太婆婆只是拿她取笑了一番，就这么嘻嘻哈哈地过去了。为什么埃尔维斯受到的待遇要比安娜罗萨的糟糕得多？埃尔维斯怎么都想不通，可又问不出口。最后还是妈妈公布了答案。

“那种人！她们去警察局就是家常便饭！她们那种人才不在乎呢！”

妈妈坚决不允许埃尔维斯再和安娜罗萨在一起。

“后果你自己也看到了！你今天变成这样，都拜安娜罗萨·彼得松所赐！”妈妈一边说，一边用力挥着手中的棕色信封。

妈妈现在格外“冷酷无情”。她自己很清楚这一点。她对埃尔维斯说，她也不想当一个严厉的母亲，可没办法啊——这都是为了他好。她得确保埃尔维斯的生活“走上正轨”，以免酿成大错。

埃尔维斯将脸埋在手心里。

“对不起，亲爱的妈妈。对不起。”他喃喃说道。

不过他要道歉的对象不只是妈妈……如果只是妈妈的话，事情倒也简单了。这回，光妈妈原谅他是远远不够的……

“有眼睛在盯着你呢，埃尔维斯！”

妈妈说这话的时候，埃尔维斯不由打了个冷战。

妈妈指的是谁的眼睛？埃尔维斯不知道自己应该向谁说对不起。妈妈也没有说。但说不说都一样。无论走到哪儿，埃尔维斯都能感到有眼睛在盯着自己。眼睛。眼睛。

6 缺席的三明治

“小孩子小麻烦！大孩子大麻烦！”妈妈冲着电话那头抱怨道。这句话她说了不知道多少遍，她对希万阿姨说过，对玛伊桑阿姨说过，对外婆也说过。

她抱怨的对象当然是埃尔维斯。妈妈说，埃尔维斯小的时候还好点儿，越长大，麻烦事就越多。不过总的来说，他一直都不让人省心，程度不同而已。妈妈边说边叹气。

去年圣诞节，每当埃尔维斯显得很幼稚的时候，妈妈就会更喜欢他一些。所以埃尔维斯一直表现出傻乎乎的样子，假装相信圣诞老人的存在——他心里也知道，圣诞老人是爸爸假扮的。

妈妈心情好的时候，家里的气氛就会轻松很多。妈妈会亲亲他，抱抱他，说他现在才是一个孩子应该有的样子。埃尔维斯留意到，其实妈妈的要求并不多，一些简简单单的小事就能让她开心很久。他不禁有些自责：自己平时怎么就不能多注意点儿呢?

埃尔维斯暗暗下定决心，要将这一点牢记在心。

不过圣诞节一过完，他就把这些承诺忘得一干二净，又变回了原来的自己——那个讨人厌的埃尔维斯。

高尔夫球的事情之后，妈妈每次注视埃尔维斯的时候，目光中都充满了沮丧和哀怨。埃尔维斯回想起圣诞节的美好时光，他决定再装一装幼稚。

不过没有了圣诞节和圣诞老人，装幼稚还真不是件容易的事。

埃尔维斯想不出来该怎么做。

他去游乐场看小孩子们玩耍，从中找点儿灵感。回家后，他开始拙劣地模仿起小孩子们的一举一动。妈妈一脸困惑地看着他。

“埃尔维斯，你在搞什么名堂？”她说，“你不是小宝宝了。”

最后，埃尔维斯只好又把圣诞老人搬了出来。

“还有多久才到圣诞节？”他问妈妈。

“还挺久的吧。”妈妈敷衍了一句。

“圣诞老人今年会来吗？”埃尔维斯继续问道。

妈妈没吭声，她拿着抹布走来走去。

“妈妈！你觉得呢？”埃尔维斯不死心地问。

他很不喜欢现在的自己。妈妈拿着抹布，这儿擦擦，那儿抹抹，一句话也没说。埃尔维斯用试探的目光盯着妈妈。

“妈妈！”

“嗯……”妈妈转过身，用抹布掸去电视机后面的灰尘。

“如果我表现好的话，你能不给圣诞老人打电话了吗？这样他就能来给我送礼物了。”

妈妈走到书架前，细心地擦拭着上面的一件件摆设，看都没看埃尔维斯一眼。埃尔维斯紧张地注视着妈妈的一举一动，妈妈一副很不耐烦的样子，埃尔维斯不由忐忑起来。

妈妈正在摆弄一只瓷做的小羊羔，那是外婆送她的礼物。妈妈吹了吹上面的浮尘，然后用抹布把边边角角都擦了一遍。过了好长时间，她才将小羊羔放回原处，然后转过身，直直地盯着埃尔维斯的眼睛。

“现在告诉你也好，埃尔维斯，反正你迟早都要知道的。圣诞老人就是你爸爸！”

埃尔维斯像挨了一记耳光似的，脸上火辣辣的。圣诞老人是爸爸假扮的，这他早就知道了，所以事实真相不应该令他惊讶。可他也说不清楚为什么，只觉得胸口堵得慌，心里隐隐作痛。

妈妈说："我们一直都哄你玩来着。大人们都会用圣诞老人哄小孩子玩。不过你现在长大了，埃尔维斯。这种小孩子的把戏也该结束了。我正式告诉你：世界上根本没有圣诞老人！"

埃尔维斯瞪着妈妈。妈妈也瞪着埃尔维斯。

他们分别站在房间的两边，失望地对望着。窗外阳光明媚，可埃尔维斯和妈妈之间却是一团灰色的阴影。

埃尔维斯不知道自己为什么难过。他也知道圣诞老人的把戏都是骗人的，可他还是忍不住大吼大叫："世界上当然有圣诞老人！"

然后他一扭头跑掉了，在身后重重带上了门。他的一颗心仿佛掉进冰窖一样，完全被冻僵了。

妈妈怎么能做出这种事？她之所以这么说，无非是想要告诉埃尔维斯，自己已经放弃他了，不再关心他的感受。妈妈是故意让他难过的，这是对高尔夫球事件的惩罚。妈妈从此失去了快乐的权利，这都是埃尔维斯害的！

可妈妈是一个那么喜欢过圣诞节的人！当她说世界上根本不存在圣诞老人的时候，她自己也很伤心。她的语气冷冰冰、硬邦邦的。在打击他、惩罚他的同时，妈妈不在乎自己也受到连带的伤害。她说，埃尔维斯已经长大了，所以已经不需要任何关心和爱护了。埃尔维斯知道，妈妈一眼就看穿了自己装幼稚的目的，她不过是借着圣诞老人的话题，表达内心的愤怒。埃尔维斯极力讨好着妈妈，想要得到宠爱和关注，却遭到了妈妈无情的拒绝。

埃尔维斯从来都没有这么伤心过。他甚至不愿告诉爷爷。他只想把这种失落深深地埋藏在心底，不让任何人知道。这样，别人大概会以为，他只是因为不存在的圣诞老人而难过。

之后，妈妈和埃尔维斯度过了一段相当别扭的日子。对于埃尔维斯来说，整个世界都变了。无论在家还是在外面，他都觉得异样而陌生。圣诞老人不在了，可警察还在，还有上帝……啊，说不定上帝是真实存在的。

至少奶奶这么认为。埃尔维斯不知道自己应该相信什么。他默念着奶奶教他的晚祷词，其中有一句他特别喜欢："愿你的旨意奉行在人间。"这意味着，任何人陷入进退两难的困境时，上帝都可以替他做主。奶奶说，上帝知道应该做出怎样的决定，他也知道应该何时施以援手。

妈妈说，自己这么做都是为了埃尔维斯好。可现在，她根本不知道应该怎样做，埃尔维斯才会真正高兴起来。埃尔维斯也不知道该如何讨妈妈欢心。现在这种僵持不下的局面，只能交给上帝来处理。

在妈妈的严令禁止下，埃尔维斯也不敢继续和安娜罗萨来往了。他一想到安娜罗萨，眼前就浮现出那个棕色的信封。

夏天快到了，春季学期也即将结束。埃尔维斯的班级要组织一次春游，孩子们都高兴坏了。他们需要带上自己的餐盒，然后坐汽车去郊外，在草地上野餐，然后欣赏各种野花。

安娜罗萨说，春游的时候，他们两个可以一起玩。黑尔佳和他们不在同一个班，所以一整天都不会出现。安娜罗萨都想好了，在汽车上，埃尔维斯可以坐在她旁边；野餐的时候，他们还可以交换餐盒。

埃尔维斯跟着憧憬了起来，那真是一种久违的快乐感觉。

安娜罗萨说，埃尔维斯可以去她家看看冰箱里有什么，再决定要做哪种三明治。安娜罗萨的妈妈从上班的餐厅带了好多好吃的回来，他们随便挑就是了。

“你不是喜欢吃虾吗？”她说。

埃尔维斯回忆起第一次去安娜罗萨家的时候，她从冰箱里拿出装满虾的蓝色大碗，请自己大快朵颐的情形。埃尔维斯沉浸在幸福之中，忘记了妈妈，忘记了警察，也忘记了代表不幸的棕色信封。一切仿佛又回到了从前。他们甚至在安娜罗萨妈妈松软的大床上蹦来蹦去，跳上跳下，头几乎都快擦到天花板了。然后他们抱着枕头打成一团，开心得大叫起来。

埃尔维斯回家的时候，妈妈照例询问他去了哪里，埃尔维斯也照例撒了谎。妈妈狐疑地看了看他，但没说话。

终于到了春游的这天。埃尔维斯早早就爬了起来。他走进厨房，看见妈妈正在准备野餐的三明治。埃尔维斯想起了安娜罗萨。妈妈一定还不知道，她做的三明治，其中一半是要分给安娜罗萨的。

“看起来不错吧，埃尔维斯？”妈妈说，“我做的三明治又漂亮又可口！”

“嗯。”埃尔维斯边说边看了看三明治。

他突然感到自己病了，没力气跟着去春游了。妈妈不得不打电话给老师替埃尔维斯请假。

和老师讲电话时，妈妈的声音软软糯糯的，透着惋惜和同情。她担心埃尔维斯的情绪，毕竟要错过和同学们一起春游的难得机会，埃尔维斯可能会闷闷不乐上一整天。这还是埃尔维斯第一次打心底里希望，妈妈的电话能讲得长些，更长些。妈妈现在的态度好多了，整个人也变得温柔起来。

妈妈说，埃尔维斯是个听话的孩子，在意识到自己不能去的时候，表现得异常冷静。他心里肯定是很难过的，可表面上一点儿也看不出来。妈妈的言语间多少有些夸张的成分，这可不多见。当然，也可能是因为电话那头是学校的老师，妈妈希望给她留下点儿好印象。

老师当然关心地询问了埃尔维斯的病情，妈妈说具体也说不好，反正他看上去整个人蔫蔫的。不过他这段时间一直不太精神，可能是季节性疲劳，也可能吃坏了肚子。

埃尔维斯饶有兴趣地听着。他也不知道自己哪儿不对劲，可既然妈妈列出了选项，挑一个也无妨。他起先觉得吃坏了肚子这个理由不错，可一想到只能靠茶和面包片维持清淡饮食，立刻又改了主意。不如就装出蔫蔫的样子，只当是季节性疲劳好了。

妈妈忧心忡忡地看着他，问他喉咙疼不疼。埃尔维斯断然否认。他要是承认自己喉咙疼的话，妈妈会要求他将药水灌到喉咙里去，然后咕噜咕噜一阵子再吐出来，那滋味要多难受有多难受。

于是妈妈又问他头疼不疼。埃尔维斯说，头好像是有点儿疼。

妈妈说，那他很可能发烧了，必须卧床静养。今天看来是出不去了，不过也没关系，埃尔维斯正好可以躺在床上，一个人琢磨事情。

他想到了春游。埃尔维斯在脑海里努力勾勒出那些画面。现在，大家都在做什么呢？安娜罗萨的餐盒里肯定很丰盛，她会和谁分享三明治呢？她会不会惦记埃尔维斯呢？听说他请假了的时候，安娜罗萨会怎么想？说不定她落了单，只好一个人玩，然后就开始想念埃尔维斯了！

不过，安娜罗萨也不大可能落单……

埃尔维斯又想到了老师。代课老师走了，现在的老师才是他们真正的老师。她人不错，可就是不对埃尔维斯的胃口。对于埃尔维斯来说，代课老师才是真正的老师。他太怀念代课老师了，有时甚至都不舍得去回忆她教课的那段日子。在学校里，埃尔维斯偶尔还是会碰见她，她现在已经教别的班去了。

碰上心情很低落的时候，埃尔维斯会去代课老师的教室附近转一转，满心希望能见她一面。可真正见到她的时候，埃尔维斯又会装作没看见。他不敢抬头看她，生怕被她看穿了自己有多么想念，多么眷恋她。这是埃尔维斯不肯透露的心思，对谁都不行——尤其是她。

代课老师要是能留下来，继续给他们上课就好了。埃尔维斯心里这么觉得，当面也和代课老师说过一次。代课老师说，她也希望这样。不过她也许只是嘴上说说而已。埃尔维斯知道，大人们往往只是出于礼貌而说一些好听的话。大人们也希望孩子们能多说一些礼貌的言语——至少妈妈是的，她说，给别人留个好印象非常重要。

代课老师对留下来的渴望显然没有埃尔维斯的那般强烈，所以她根本没做任何努力。她对埃尔维斯的喜欢，远不如埃尔维斯对她的喜欢。

总是这样——埃尔维斯永远是那个付出最多感情的人。他和爷爷说过一次。爷爷认真听完他的倾诉，然后说，嗯，看来的确如此。

“不过，埃尔维斯，”爷爷又说，“你应该为此感到高兴才对。你想想，那些不懂得付出感情的人，他们的生活是多么无趣。”

这话不假，可是埃尔维斯觉得，两个人付出的感情总可以一样多吧，至少有那么一两次也行。爷爷说，那当然是最理想的情况，但以他的经验，这种事不常发生。

“那你和奶奶呢？”埃尔维斯问，“谁多些？”

爷爷得好好思考一番，说来也怪，他从没想过这个问题，他和奶奶究竟谁喜欢谁多一点儿。

“总而言之就是，这从来都没对我们造成过困扰，”爷爷说，“大概是因为，我们两个在一起的时候同样都很高兴吧。”

“你们从来没闹掰过？”埃尔维斯问。

爷爷爽朗地笑了起来。

“当然没有！”他说，“在很多问题上，你奶奶和我的确会有不同的意见，但这对我们的交流并不会构成阻碍，反而还有促进作用呢。”

“那你们也没吵过架？”

“没有，我们会就事论事地理论一番。”爷爷说。

“争论一番？”埃尔维斯听错了。

“不是争论，是理论，平心静气地讲道理。”

埃尔维斯明白了。他知道讲道理是什么意思。妈妈最擅长讲大道理了。

“讲道理最没劲了。”埃尔维斯对爷爷说。

可爷爷说，他和奶奶讲着讲着，最后总能达成一致意见。

“妈妈和我就不行。她讲的都没什么道理。”

爷爷说，奶奶就不一样了，她能讲出很多道理。

“那你和我呢，埃尔维斯？”爷爷边说，边把埃尔维斯举起来，“你觉得我们喜欢对方的程度是一样多的吗？”

埃尔维斯当然这么觉得。

“我觉得，我喜欢你，比你喜欢我要多那么一点点！”爷爷说。

埃尔维斯说，这不可能，绝对不可能。

埃尔维斯躺在床上，任由思绪四处游荡。他喜欢思考，思考事情的时候，时间过得特别快。

他听见妈妈的脚步声。妈妈在厨房和客厅之间走来走去，偶尔停下来，听听卧室里的动静。有几次，妈妈从门缝中探头进来，问埃尔维斯感觉好一点儿没有。

“还那样。”埃尔维斯说。

“好吧，”妈妈说，“你想吃点什么吗？”

埃尔维斯摇了摇头。不过妈妈的问话让他感觉很舒服，他唯一想要的就是妈妈的关心。

埃尔维斯已经不再去想春游的事了。他听见妈妈在外面窸窸窣窣地忙碌着，然后坐在电话机旁，打了一个又一个电话，不厌其烦地告诉对方，埃尔维斯今天不能去春游了，他突然生病了，可怜的小家伙。

从妈妈的答话中可以听出，大家也都很同情埃尔维斯。

奇了怪了——就因为缺席了学校的春游，他在别人眼里突然变成了一个安分守己的乖孩子。

下午的时候，奶奶来了。她今天正好进城，顺道来家里坐一坐。听说埃尔维斯病了，她临时决定多留些时间，改坐夜班车回去。

奶奶摸了摸埃尔维斯的额头，一脸担忧。她握住埃尔维斯的手腕，测了测他的脉搏。

“孩子生病可真让人担心。”她说完，叹了口气。

妈妈也叹了口气。埃尔维斯知道她们在想什么。她们想到了约翰。约翰是爸爸最小的弟弟，差不多在埃尔维斯这么大的时候不幸夭折了。但是她们什么都没说，因为妈妈以为埃尔维斯不知道约翰已经死了。她总觉得，这种事没必要让孩子过早了解。奶奶知道埃尔维斯是知情的，不过碍于妈妈的原因，她也没说什么。

奶奶出门给埃尔维斯买了点儿水果，顺便带了几本书回来。她坐在床沿边，一本一本地给埃尔维斯读书，其中既有她新买的书，也有埃尔维斯读过的一些。奶奶读得绘声绘色，埃尔维斯听得入了迷。后来，奶奶拿起一本埃尔维斯读了无数遍的书，刚要翻开第一页，却被埃尔维斯拦了下来。埃尔维斯一脸严肃地说，这本书里的内容，自己都能背下来了，所以奶奶不应该选这本读给他听。

“这样我会忘记思考的。”埃尔维斯说。

奶奶立刻放下手里的书，拿起了另一本。她知道，思考对于埃尔维斯而言有多么重要。

并非所有的大人都能理解这一点。当孩子们说自己需要思考的时候，大人们往往会哈哈大笑。而当他们自己需要思考的时候，却又不许孩子们打扰……

7 妈妈要离婚

卧室天花板上的日光灯亮了整整一个晚上。

因为妈妈需要把满床的行李都塞进旅行箱。平时到了晚上，卧室里都是靠床头灯照明的，可今天，妈妈却开起了大灯。埃尔维斯坐在自己的床上。他不喜欢头顶明晃晃的灯光，看着就心烦。妈妈也不喜欢，她说日光灯的光线太刺眼，一点儿都不柔和。不过今天晚上她已经不在乎这些了，任由日光灯一直开着。

妈妈又去打电话了，她刻意压低了嗓音，生怕埃尔维斯听见。埃尔维斯知道她在聊些什么——是关于爸爸的。妈妈想要离婚，因为她和爸爸闹掰了，已经一连吵了好多天。

不过爸爸表示，他是不会离婚的。

爸爸今晚有比赛。他临出门之前，妈妈说："我这就带埃尔维斯搬出去！告诉你，孩子我是要定了！"

爸爸什么都没说，转身走出家门。

妈妈拿出旅行箱，开始收拾起行李来。

埃尔维斯也跟着收拾起来。他有一只妈妈以前用过的手提包。因为款式有些旧了，所以妈妈不想要了。手提包是外婆买的，真皮制成，质量相当不错。

妈妈说，埃尔维斯可以把小东西都装在手提包里。埃尔维斯凑近手提包嗅了嗅，皮革散发出一股好闻的味道。他琢磨起来，妈妈所说的小东西究竟是什么呢。妈妈也说了，不许往里面塞破烂玩意儿。埃尔维斯彻底迷惑了，他和妈妈对于“破烂玩意儿”有着不同的定义，所以要猜准妈妈的心思并不是件容易的事。不管怎么说，手提包是外婆买的，他得格外珍惜才行。

他们要搬去外婆家。外公和外婆住在乡下，距离爷爷奶奶家不远。“真倒霉。”这是妈妈对此的评价。虽然两家离得很近，但并不意味着埃尔维斯就能顺便跑去找爷爷玩。妈妈说，爷爷没给埃尔维斯带来任何好的影响。爷爷不像外公那样，是孩子的好榜样。

“埃尔维斯，你不要成天和爷爷混在一起！”妈妈经常这么说。

可埃尔维斯觉得，和谁在一起，不和谁在一起，应该由他自己选择才对。

现在，埃尔维斯还在琢磨应该往手提包里放些什么。他想来想去还是没有答案，只好求助妈妈。

“我也不知道，小埃尔维斯。”妈妈说，“比如你的小剪刀和削笔刀，还有其他需要用的东西。你自己应该最清楚。”

埃尔维斯立刻将小剪刀和削笔刀放了进去，然后一件一件地想到了好多重要的东西。手提包很快塞得满满当当，要带的东西装都装不下了，埃尔维斯只好一遍又一遍地重新收拾。打包行李还挺有意思的，手提包的开口处有一只金属的小搭扣，合上的时候会发出咔嗒一声，又清脆又利落。埃尔维斯又把包里的东西都倒出来，重新整理了一遍。削笔刀和小剪刀显得有些多余，埃尔维斯将它们拿出来，换成其他东西，塞严实，然后咔嗒一声合上了搭扣，想了想又打开，就这样开开合合了好几次。

如果说之前他还有点郁闷，现在埃尔维斯的心情已经开朗了不少。咔嗒咔嗒的声响给人以极大的安全感。真没想到一只小小的搭扣竟然有这样的魔力！

过了好长一段时间，妈妈才又走进卧室。她一屁股坐在自己的床上，盯着那只旅行箱，一脸茫然。

“我都收拾好了。”埃尔维斯说。

妈妈没吭声，坐在床上一动不动。

“我们什么时候搬家？”埃尔维斯问。

妈妈看了看他。

“搬家？”她说。

“对啊，我们不是要搬到外婆家去嘛。”

妈妈叹了口气。

“你还是早点儿睡吧，埃尔维斯。”说完，她站起身，关掉天花板上的日光灯。

“你不用收拾行李吗？”埃尔维斯失望地问。

“等明天早上再说。赶紧上床睡觉！爸爸马上就回来了！”

埃尔维斯打开手提包的搭扣，骄傲地向妈妈展示道：“看，我把东西放得多整齐！”

妈妈一把从他手里夺下手提包，放在一旁。

“有什么话明天再说，埃尔维斯。睡觉去！”

妈妈将埃尔维斯塞进被窝，然后轻轻拍了拍他。不过埃尔维斯能察觉到，妈妈的心思完全不在他身上。

“你想要我吗？”埃尔维斯冷不丁冒出来一句。

他想到妈妈吵架时对爸爸说过的话：“告诉你，孩子我是要定了！”

妈妈看了一眼埃尔维斯。

“我当然要你啦。干吗这么问？”

“那爸爸不想要我吗？”

妈妈的眉头皱了起来，脸上写满了不耐烦。

“我说埃尔维斯……这都什么莫名其妙的问题！没有人不想要你。赶紧睡觉吧，别再琢磨这些事了。”

妈妈走出了卧室。可埃尔维斯怎么都睡不着。妈妈把手提包放哪儿去了？他得起来把搭扣合上才行。明天早上，估计他又要重新收拾一遍。

埃尔维斯没想到的是，第二天妈妈宣布，他们不用搬家了。

“那你们不离婚啦？”埃尔维斯沮丧地说，他满脑子想的都是打包的事。

“这孩子！该不是有什么毛病吧？离婚又不是什么好事，现在你应该感到高兴才对。”

妈妈用责备的目光盯着他。可埃尔维斯一点儿也高兴不起来。

“那手提包呢？”他问了一句。

“等下次有机会再给你吧。”妈妈说完，转身走了出去。

下次？有机会？什么机会？难道她还打算再离一次婚？

那天下午，爸爸下班回家后宣布，他要和妈妈一起去加那利群岛度假。他已经买好了机票。等埃尔维斯这学期一结束他们就动身。妈妈高兴极了！她打了整整一圈电话，告诉大家爸爸终于肯让步了！关于度假的事，他们始终无法达成一致意见，爸爸一开始怎么都不愿意。妈妈说，现在好了，他总算意识到必须做点儿什么“拯救婚姻”。

接下来的一段日子里，妈妈的情绪一直很高涨。她去商店采购了好多东西，然后打电话向别人炫耀自己的“战利品”。她对埃尔维斯的态度也好了很多，几乎每次挂掉电话后，她都会走过来抱抱埃尔维斯，然后说他们会从加那利群岛给他带很棒的礼物回来。

爸爸不怎么提度假的事，他只是想着能不能买个好相机，拍更多照片。最后，他用自己的旧相机换了一只新相机，而且几乎没花什么钱。他不厌其烦地向自己认识的每个人展示新相机的各种功能，包括妈妈、埃尔维斯、到家里来的每一个客人，大家都当了一回爸爸的听众。

春季学期要过完了。可埃尔维斯没法参加学期结束典礼，因为爸爸妈妈正好要在那天动身，出发前，他们得先安顿好埃尔维斯。对于埃尔维斯错过第一次学期结束典礼，妈妈有点儿愧疚，可是度假必须摆在首位。希万阿姨也这么说。她的原话是：妈妈总要替自己考虑考虑，哪怕一次也好！

爸爸妈妈外出度假期间，埃尔维斯要去乡下，和爷爷奶奶住在一起。

妈妈情愿他住到外公外婆家，她觉得，埃尔维斯前一阶段惹出了不少麻烦，所以需要跟“好榜样”在一起学习学习。

可埃尔维斯倔得很。妈妈之前答应过，由他自己决定住在哪儿。埃尔维斯当即决定去爷爷奶奶家住。

妈妈有点儿后悔，不该让埃尔维斯自己拿主意的，可现在反悔也来不及了。妈妈越想越担心，她一遍又一遍地唠叨：“埃尔维斯，你要知道，爷爷没受过良好的教育，说话做事都没什么规矩。你不能什么都跟着他学。你应该学点儿好的榜样，所谓好的榜样，绝对不是你爷爷那样，而是外公……”

埃尔维斯听得耳朵都起老茧了。爸爸也是。

“行了行了，等你从加那利群岛度假回来，有的是时间给他立规矩。”爸爸说，“你就少说两句吧！”

出发的前一天，妈妈突然变得忧心忡忡起来。一想到要坐飞机去加那利群岛，妈妈就有点儿害怕。她从没坐过飞机，多少有些紧张。可眼见着第二天就要出发了，再怎么紧张也没用。

爸爸要开车把埃尔维斯送到爷爷奶奶家。妈妈又一次拿出那只真皮的手提包，催促埃尔维斯赶紧打包。

“别净塞些破烂玩意儿！”妈妈说。

埃尔维斯努力回忆自己上次往包里放了些什么。妈妈扬言要搬家的那一次，他收拾得多起劲啊，一遍又一遍咔嗒咔嗒地玩着搭扣，可这次却显得索然无味，搭扣也变得迟钝起来。埃尔维斯怎么都想不通：爸爸妈妈又不是要离婚，而是去度假，自己也能住到爷爷家去，他怎么就高兴不起来呢？

埃尔维斯总忍不住会去想那个可怕的念头！他也很担心坐飞机的问题。听到妈妈说害怕，他也跟着害怕起来。飞机可能会坠毁！之前，谁都没想过坐飞机可能会有危险，他也没想过。可现在不一样了！他立刻想起电视上播出过的所有空难画面。

这时，妈妈出现在门口。

“你还没收拾完吗？爸爸已经在车上等着了！”

埃尔维斯已经打好包了。他咔嗒一声合上搭扣。

妈妈拿起他的外套，跟着他朝汽车走去。

就在迈出家门的一瞬间，妈妈突然停下脚步，紧紧抱住了埃尔维斯。她的胳膊格外用力，箍得他几乎喘不过气来。妈妈的眼睛里亮晶晶的，两滴豆大的泪水顺着她的脸颊流了下来。

“埃尔维斯，我的小宝贝……等妈妈度假回来，保证给你带一件很棒的礼物。很棒很棒的礼物！”

“我不想让你坐飞机，妈妈。”埃尔维斯说。

由于抓着手提包，他没办法抱住妈妈。手提包在妈妈的屁股上晃来晃去，弄得埃尔维斯很狼狈。

妈妈无措地看着他。

“现在说什么都晚了，埃尔维斯。”她喃喃说道，“妈妈必须得坐飞机，这是没办法的事。”

埃尔维斯手一松，手提包啪的一声掉在地上。他紧紧地抱住妈妈，差一点儿就要哭出来，只能咬住嘴唇拼命忍住。

“哎呀！外婆的真皮手提包！”

妈妈弯下腰捡起了手提包，轻轻掸了掸上面的灰。

“没事的，埃尔维斯。”她擦了擦眼泪，说道，“我们很快就回来了，保证会给你带一样礼物！”

他们走到车边。埃尔维斯坐上车，爸爸向乡下的爷爷奶奶家一路驶去。

8 小乡巴佬

乡下真安静啊！

埃尔维斯在爷爷奶奶的房子里转来转去，从一个房间走到另一个房间。

只有他一个人在家。爷爷在蔬菜大棚里施肥，奶奶去鸡窝里忙活了。窗户开着，阳光暖暖地照了进来，窗帘随风轻轻摇摆。埃尔维斯侧耳倾听着，外面不时传来清脆的鸟叫，屋内偶尔飞过一只苍蝇或熊蜂，发出一阵嗡嗡声，但大多数时候都是静悄悄的。爷爷奶奶就生活在这样的静谧和安宁之中。

埃尔维斯走进约翰的房间，打开旧玩具箱的盖子。

很多年以前，约翰就住在这里。约翰是爸爸最小的弟弟，在童年的时候就夭折了。可他的玩具都还留着。爷爷奶奶把其中的一部分送给了埃尔维斯，另一部分放在这里，等着埃尔维斯住在乡下的时候玩。

埃尔维斯盯着里面的玩具看了好久好久。他凑得很近很近，可始终没有伸手去触碰。约翰的玩具汽车和自己的很不一样。其实玩具的种类是差不多的，不过样子已经变了。小汽车变了，木偶小人儿也变了。随着时间的推移，一切都在改变，也许人也是会变的……

窗帘依然微微摇摆着，阳光依然明媚，埃尔维斯的脑海里逐渐浮现出一个念头。至于这个念头具体关于什么，他现在也说不清楚，他得好好想一想。

埃尔维斯合上旧玩具箱的盖子，走进奶奶的房间。奶奶的床上铺着洁白的绣花床罩。爸爸说，打从他记事起，奶奶用的就是这床床罩。埃尔维斯用手摸了摸上面刺绣的部分，麻麻的、酥酥的。爸爸小时候一定也这样摸过吧，他的感觉大概和埃尔维斯的差不多。

还有约翰！对，约翰肯定无数次地来到奶奶的床边，伸出手抚摸绣花床罩！埃尔维斯趴在床上，让床罩完完全全贴合住手心。约翰也曾经以这样的姿势趴在床上吧。埃尔维斯闭上眼睛，用心去感受着。约翰的手心应该也觉得麻麻的、酥酥的，还有点儿凹凸不平吧……

埃尔维斯睁开眼，从床上爬了起来。

奶奶床头的墙上挂着一张耶稣像。床头柜上摆着一本厚厚的《圣经》，黑色封面上印着一只金色的十字架。埃尔维斯小心翼翼地拿起来。在爷爷奶奶家，他可以翻看任何东西，这难得的特权让埃尔维斯倍感珍惜。

《圣经》里夹着一张硬纸片。那是一张照片。埃尔维斯从书页里把它抽了出来。泛黄的照片上，一个小男孩站在屋外台阶的最上面一层。

照片已经褪了色，表面也磨得厉害，小男孩的脸显得有些模糊，可他在身后白墙上的投影却格外清晰。可以说，画面中最抢眼的就是那道斜斜的影子。埃尔维斯将照片翻了过来。

照片后面写着：约翰，5岁。是奶奶的字迹。埃尔维斯将照片重新插在书页里，又将《圣经》放回床头柜，然后走出房间。

那个念头还在脑海中打转，可他还是没想明白。埃尔维斯漫无目的地踱着步子，窗户开着，房间里充满了夏日的气息。他不知不觉走出了房子，然后随手带上了门。

现在，埃尔维斯就站在台阶的最上面一层——这是五岁的约翰曾经站过的地方。埃尔维斯回过头，看了看自己投射在白墙上的影子，然后往这边挪挪，又往那边挪挪，让自己的影子和照片中的一模一样。

好了！现在埃尔维斯的影子和约翰曾经的影子已经完全重

合在了一起。现在只差一件事了！他得数一数栏杆上的木条。

埃尔维斯全神贯注地忙着，丝毫没有听见沙地上传来的脚步声。照片上，约翰的一只手扶着栏杆，刚好够到从上往下数的第三根木条。埃尔维斯抬起手，放在同样的位置。栏杆被太阳晒得暖乎乎的。约翰站在这里的时候，摸到的也是暖乎乎的栏杆吧。这种感觉真是太奇妙了。

埃尔维斯沉浸在自己的世界里，过了好一阵子才察觉到周围的动静。脚步声已经停了，奶奶就站在花园里的小路上，静静地注视着埃尔维斯。埃尔维斯也一动不动地站着，目光望向奶奶。

奶奶一手拿着一只新鲜的鸡蛋，不住地微微颤抖着。她的嘴唇哆嗦了两下，似乎想要和埃尔维斯说些什么，可最终只是低头看了看手里的鸡蛋，脸上泛起一丝微笑，然后默默地拐过墙角，从厨房的门走了进去。

奶奶似乎有些尴尬，又有些害羞。

被奶奶这么一看，埃尔维斯也挺不好意思的。奶奶看出他在做什么了吗？他在“试穿”约翰的影子。

埃尔维斯赶忙跑下台阶，然后一口气穿过花园，将灌木丛和花花草草统统抛在身后。

他仍然没想清楚脑海中的念头究竟是什么。可它始终挥之不去，而且像扎了根似的，在他心中越埋越深。

埃尔维斯跑出好一段，然后才停下脚步，慢慢往回走。回家后，他坐在桌边写了一张纸条——

约翰死了。

现在是现在。

埃尔维斯是我。

他看了看自己写的纸条，然后折起来塞进口袋。

就在这时，爷爷牵着一个小男孩走了进来。

“埃尔维斯，这是托尔斯滕。”爷爷介绍说，“托尔斯滕特意过来和你打个招呼。”

“和我？”埃尔维斯满脸惊讶。

小男孩睁着大大的眼睛，看了看爷爷，看了看埃尔维斯，然后又看了看爷爷。他摇了摇头。

“我不是来和他打招呼的，”他指了指爷爷，“我是来看你的。”

爷爷笑了起来，但是看到埃尔维斯一脸不高兴的样子，爷爷立刻收敛了笑容。

“你是我的爷爷。”埃尔维斯用小到不能再小的声音说了一句，不过还是被爷爷听见了。

“没错，我是埃尔维斯的爷爷。”他说，“可是，既然托尔斯滕和我是好朋友，我就想着……”

爷爷突然打住话头，将目光转向埃尔维斯。他看出埃尔维斯一副欲言又止的模样，于是用眼神鼓励埃尔维斯说出自己的想法。埃尔维斯好不容易鼓起勇气，可声音依然很小。

“我也是你的好朋友。”他用求助的目光看着爷爷。

“当然。埃尔维斯和我也是好朋友。所以我想着，你和托尔斯滕说不定也能成为好朋友。”

埃尔维斯和托尔斯滕半信半疑地看了看对方。托尔斯滕始终没有放开爷爷的手，埃尔维斯走上前去，果断地牵住爷爷的另一只手。

他们一边一个，站在爷爷的两侧，都将爷爷的一只手紧紧握在自己手里。爷爷带着他们在房间里转了转，然后试着将托尔斯滕的手放在埃尔维斯的手里，可托尔斯滕怎么都不肯，埃尔维斯也一个劲儿地甩来甩去。

爷爷说，他现在得去村里办点儿事。他们可以利用这段时间相互熟悉一下，然后再决定能不能成为好朋友。

“不能！”托尔斯滕重重地说。

埃尔维斯将脑袋摇得像拨浪鼓。这么做有什么好处吗？他根本不需要朋友！他有爷爷就够了！

爷爷出门后，他跑进厨房找到奶奶，小声说自己不需要朋友。

“那你也该替托尔斯滕想想嘛，”奶奶小声和他说，“托尔斯滕说不定需要朋友呢。”

埃尔维斯想了想，然后折回托尔斯滕身边。

托尔斯滕背对着他，正在专心致志地打量着什么。埃尔维斯顺着他的目光看过去，原来是一只蜘蛛，正吊在一根蛛丝上荡来荡去。

“我要捏死它！”托尔斯滕说。

“不行！”埃尔维斯说。

托尔斯滕扬起手，一副气势汹汹的样子。不过埃尔维斯抢先了一步。他拈起悬挂蜘蛛的蛛丝，从开着的窗户扔了出去，速度快得连他自己都感到惊讶。

托尔斯滕似乎并不在意，只是耸了耸肩膀。

“行吧，”他说，“行吧，行吧……”

他像是在自言自语，一边说一边将手插进裤兜。他转过身望向远方，然后又突然回过头来，迅速瞥了埃尔维斯一眼。

“你去过斯德哥尔摩吗？”他问。

“没有。”

“那，恩厄尔霍尔姆呢？”

“没有……”

“厄勒布鲁呢？”

没有，埃尔维斯也没去过厄勒布鲁。还有埃克舍、瓦斯泰纳之类的地方，他都没去过。他要么住在城里的家，要么去乡下爷爷奶奶、外公外婆家。

“那你肯定没坐过电梯吧？”托尔斯滕肯定地说。

“谁说的。”埃尔维斯分辩道。他感觉越聊越不对劲。

“你在哪儿坐的电梯？”托尔斯滕步步紧逼地追问下去。

埃尔维斯根本不知道电梯是什么。爬屋顶用的木梯子他倒是见过，但和托尔斯滕说的肯定不是同一种东西。所以他没吭声。

“我在米约尔比坐过。”托尔斯滕说，“弗林纳吕德也有。”

“这样啊……”埃尔维斯陷入了沉思。托尔斯滕还在一个一个列举自己去过的地方。

“我妈妈和我爸爸正在加那利群岛度假。”埃尔维斯突然说了一句，“他们是坐飞机去的。”

“行吧，行吧，行吧。”托尔斯滕说，“他们肯定没坐过电梯。我都坐过好多遍啦！”

说完，他们走出家门，来到乡间小路上。迎面走来的一个小男孩正在津津有味地吃冰激凌，托尔斯滕于是说了一句：“典型的小乡巴佬！”

“嗯。”埃尔维斯说。

他们走着走着，又看见一个小女孩，正在舔一根棒棒糖。

“又是一个小乡巴佬！”托尔斯滕说。

路上净是小乡巴佬，托尔斯滕说，住在乡下的小孩只能是小乡巴佬。托尔斯滕自己是从埃斯基尔斯蒂纳来的，那可是大城市，所以他不是小乡巴佬。

埃尔维斯心里直打鼓——自己在托尔斯滕眼里是什么身份呢？可他又不敢问。

过了一会儿，托尔斯滕开口说道：“你是从城里来度假的，你也不是小乡巴佬。”

“嗯。”埃尔维斯暗暗松了口气。

路过教堂墓园时，埃尔维斯提出要给托尔斯滕看看约翰的墓地。他们从墓碑之间穿行而过，埃尔维斯一边走，一边将墓碑上的文字读给托尔斯滕听。托尔斯滕边听边点头。埃尔维斯侧过脸打量着他。托尔斯滕不说话的时候，更容易让人看清他的样子。他有一头金发和一双浅蓝色的眼睛，比埃尔维斯要高一些，也要瘦一些。他走路的时候，双手总是插在裤兜里，站着不动的时候总是缩着肩膀，乍一看整个人像是冻得够呛。

“你觉得冷吗？”埃尔维斯问。

“没有啊，还行。”托尔斯滕答道。“你要给我看什么来着？”

埃尔维斯和托尔斯滕走到约翰的墓前，墓碑上写着“我们的儿子约翰”。

“他是我爸爸最小的弟弟。”埃尔维斯向托尔斯滕解释道，“他死的时候只有六岁七个月零十八天，比我现在还小呢。”

托尔斯滕一脸若有所思的表情。

“他也是在乡下长大的吗？”他问。

“是啊。”

“你确定吗？”

埃尔维斯当然确定。这样问是什么意思？托尔斯滕站在那儿，微微点了点头，像是想到了什么。

“行吧，行吧，行吧。”他最后说，“所以他也是个小乡巴佬。”

埃尔维斯愣住了，他瞪大眼睛盯着托尔斯滕。不过对方好像一副无所谓的样子，埃尔维斯很恼火：他怎么能这么说约翰？

托尔斯滕转身离开了墓地，向外面走去。他双手插在裤兜里，微微缩起肩膀。埃尔维斯依然站在原地。

托尔斯滕停下脚步，回过头来。

“你不走吗？”

“不！”

“行吧，行吧，不走就不走呗！”托尔斯滕自顾自走开了。

直到托尔斯滕的背影消失在路尽头的拐角处，埃尔维斯才往回走去。走了没多久，他就遇见了从村里回来的爷爷。

“托尔斯滕呢？”爷爷问。

“走了。”埃尔维斯答道。

埃尔维斯没多说。他不想让爷爷难过，所以绝口不提托尔斯滕关于约翰的评价。爷爷交到这种朋友真是倒霉！但愿托尔斯滕以后再也别出现了！

不过，就在他们快要到家的时候，托尔斯滕突然冒了出来。埃尔维斯下意识地抓住了爷爷的手。

托尔斯滕立刻抓住了爷爷的另一只手。

“我说，”爷爷问，“你们决定好了吗？”

他们谁都没有回答，目光牢牢地盯着前方。

“你们是打算做朋友呢，还是不打算做朋友？”

“不打算！”埃尔维斯急急地答道。他要抢在托尔斯滕之前说出答案。

可托尔斯滕似乎并不在意。

“很遗憾，”他平静地说，“我们恐怕成不了朋友。行吧，行吧，就这样吧！”

“那也只能这样了。”爷爷说，“只能这样。”

9 明信片

埃尔维斯几乎每天都会收到从加那利群岛寄来的明信片。

其中一张明信片是酒店的照片，其中一扇窗户上画了个圈，代表那是爸爸妈妈住的房间。还有两张是酒店内部的照片，一张是他们吃饭的餐厅，另一张是他们睡觉的床。不过餐厅和卧室都是空荡荡的，显然是趁着没有人的时候拍的。沙滩的照片上倒都是人，大家都在晒太阳，还能看见海里有人正在游泳和戏水。妈妈忘记在照片上画圈了，所以埃尔维斯不知道哪两个人才是爸爸和妈妈。照片上的人看着都差不多。埃尔维斯记得妈妈有一件蓝色的泳衣，但是照片上好多人都穿蓝色的泳衣。

妈妈在明信片背面写了好多奇奇怪怪的话，比如“妈妈的小心肝宝贝”“妈妈的小皮猴子”。这些指的自然都是埃尔维斯。埃尔维斯又羞又恼，他又看不懂妈妈的字，只能由爷爷奶奶高声读给他听。埃尔维斯恨不得当场挖个洞钻下去。

妈妈在明信片上写道，他们成天都泡在海水里，阳光特别好，所以爸爸晒得浑身通红，后背火辣辣地痛。他们每天晚上都跳舞，还会参加包括烤乳猪派对在内的各种活动。妈妈每次都会强调，他们一定会给埃尔维斯带一份很棒很棒的礼物。埃尔维斯越来越好奇，这究竟会是怎样的一份礼物呢？在寄来的最后一张明信片上，妈妈表示他们已经买好了。“你肯定很好奇吧？”妈妈写了这么一句。

这句话引起了埃尔维斯的思考。他好奇吗？应该是吧——不过还有一点儿忐忑。他不知道自己拿到礼物时会做何反应。按说，他应该诚心诚意地表示感谢和高兴，这样妈妈才不会失望。每次圣诞节的时候都是这样。妈妈会一个劲儿地追问他是否满意，并且渴望从埃尔维斯这里得到尽可能多的肯定。

爸爸写得不多。无非就是“你好，埃尔维斯”“来自爸爸的问候”“玩得开心”之类的话。

他们只字未提婚姻情况，不知道爸爸妈妈拯救了没有，毕竟他们是冲着拯救婚姻的目的才去加那利群岛度假的。

在其中一张明信片上，妈妈写道，她很想念埃尔维斯。奶奶反反复复读了好多遍。妈妈还说，她希望埃尔维斯也一样想念她。

既然妈妈这么说了，埃尔维斯于是认真思考了一下。他的确很想念妈妈，可他也想念安娜罗萨。黑尔佳邀请安娜罗萨去她家的度假小木屋过暑假了。安娜罗萨也没寄明信片来。埃尔维斯对她的近况一无所知。可他成天都惦记着她。他一个人的时候常常会忍不住大声喊出她的名字——安娜罗萨·彼得松。本来，他也不知道自己是否想念安娜罗萨，但有的时候走着走着，埃尔维斯会突然听见自己的呼喊，这大概就是想念吧。

他对妈妈有着另一种想念。可能对于不同的人，想念的感觉也不一样吧。

不管怎么说，收到远方寄来的明信片总是一件令人期待的事情。

埃尔维斯将明信片拿给托尔斯滕看。托尔斯滕每天都会来，尽管他们没能成为朋友，也没有这个打算，但看在爷爷的面子上，埃尔维斯和托尔斯滕还算处得不错。爷爷非要和他们两个都做好朋友！

托尔斯滕盯着明信片看了好久，然后特意挑出沙滩的那一张，向正在晒太阳的人们指了指。

“他们就是游客。”他说。

埃尔维斯听妈妈以前说过“游客”这个词。妈妈和爸爸现在就是游客。

“我以前也当过游客，”托尔斯滕说，“还不止一次呢。不过我还是最喜欢来乡下度假。”

“我也是。”埃尔维斯说。他渐渐意识到，在托尔斯滕面前表现出不服输的精神是多么重要。他的脑海里突然闪过一个念头，反正自己和托尔斯滕也不算朋友，埃尔维斯几乎想都没想就脱口而出：“那你当过小乡巴佬吗？”

埃尔维斯的语气有些咄咄逼人，但托尔斯滕一点儿也没生气。

“没有，你呢？”他仍然盯着那些明信片，完全不介意埃尔维斯的问题。

虽然朋友是做不成了，可埃尔维斯也不得不承认，托尔斯滕这个人还是挺特别的。奶奶觉得托尔斯滕很需要朋友，托尔斯滕自己倒不觉得。

“我有好多好多朋友，”他说，“有在斯德哥尔摩的，有在恩厄尔霍尔姆的，有在厄勒布鲁的，有在瓦斯泰纳的……”

“我也有好多好多朋友。”埃尔维斯说。

“他们都在哪儿呢？”托尔斯滕好奇地看着他。

“哪儿都有。”埃尔维斯眨了眨眼睛。

托尔斯滕的目光仍然留在埃尔维斯身上。

“你哪儿都去过吗？”他用平静的口吻问道。

“怎么可能。”埃尔维斯像泄了气的皮球。他没法一直装下去，那样太累了。

“行吧，行吧，行吧。”托尔斯滕说，“那也可以有很多朋友的。”

“就是。”埃尔维斯又高兴了起来。

“我不需要更多朋友了。”托尔斯滕转过头，目光直视着前方。

“我也不需要。”埃尔维斯也转过头去，眼睛看着另一个方向。

这当然不是实话！他当然没有很多朋友，而且很渴望认识新朋友——托尔斯滕除外。

为什么托尔斯滕有什么，他也非要有什么呢？他怎么突然开始攀比起来？埃尔维斯以前可从来都不这样。

他不想攀比，也不想为了要面子而撒谎。可他忍不住。他总想要证明自己一点儿也不比托尔斯滕差。

托尔斯滕是爷爷的朋友。埃尔维斯从来都不知道爷爷还有其他朋友。他必须要让托尔斯滕知道，自己也是很优秀的。托尔斯滕和爷爷没有血缘关系，所以在这一点上，他显著地战胜了埃尔维斯。因为朋友是自己选的，而家人没得选！埃尔维斯必须要让托尔斯滕知道，他和爷爷并不是因为血缘关系而成为朋友的。

所以埃尔维斯才拼命想要攀比，想要表现，为了面子而不惜撒谎。可他觉得越来越别扭。他宁可做回原来的自己。

托尔斯滕提议，他们一起去看看爷爷在做什么，可埃尔维斯不愿意。每当看见托尔斯滕和爷爷在一起，他心里都会酸溜溜的，他也说不清楚是为什么。所以爷爷过来找他们的时候，埃尔维斯就会借口走开，到奶奶身边去。

托尔斯滕和奶奶在一起的时候就还好。虽然奶奶也很关心托尔斯滕，会拍拍他的肩膀，给他做各种好吃的，询问他过得好不好。但埃尔维斯看见了一点儿也不嫉妒，他也希望托尔斯滕吃好喝好，过得开开心心。

当然，做朋友就免谈了。托尔斯滕也觉得不可能。

虽然朋友做不成，在一起玩玩还是可以的。

托尔斯滕提议，他们可以做卡片寄给各自的朋友。奶奶帮他们剪了些硬纸板下来，又给了他们水彩笔涂涂画画。托尔斯滕动作很快，没多久就做好了一大堆卡片。他在每一张上面都画了一艘大帆船，桅杆上还挂着画有骷髅头的旗子。

埃尔维斯只做完了一张卡片，上面画了一幢大房子，房子周围有大树和花草。他在卡片后面画了一株大大的向日葵，然后在向日葵下面写了“埃尔维斯寄”几个大字。

“那里是写地址的地方！”托尔斯滕说。

哎呀，埃尔维斯忘了。好在奶奶帮他解了围，她拿了一个信封过来，让埃尔维斯把卡片装在信封里。

托尔斯滕已经开始在自己的卡片上写地址。他坐在桌子前，认真翻查着厚厚的邮政编码簿。

可埃尔维斯的卡片应该寄给谁呢？

埃尔维斯一边琢磨，一边在信封的四只角上各画了一朵小花。他要寄到哪儿去呢？总不能寄到加那利群岛吧，因为爸爸妈妈就快回来了。安娜罗萨和黑尔佳住在一起，寄给她也不合适。他得选一个特别的人！

选谁好呢？

埃尔维斯在信封背面画了一朵大大的花，可还没想出合适的人选。最后，还是托尔斯滕帮了他一把。

“这是寄给谁的？”托尔斯滕冷不丁问了一句。

“不告诉你。”埃尔维斯答道。

“是给你最要好的朋友的吗？”

埃尔维斯点点头。

“他叫什么名字？”

“他叫芒努斯·林德。”埃尔维斯答道。话一说出口，连他自己都愣住了。

这也太怪了！他只见过那个男孩两面。第一次正好赶上大雾，埃尔维斯迷了路，害怕极了。当走到路灯下的时候，一个男孩的面孔突然从雾中冒了出来。他们停下来对视了一眼，然后各自继续往前走去。那次偶遇让埃尔维斯振作了不少，后来他很快回了家。

埃尔维斯偶尔会想起那个男孩，但他没指望还能再遇见对方。他只有一个模模糊糊的印象，那个男孩比自己大一点儿。

去年冬天的一天，埃尔维斯出门的时候正赶上下大雪。路上几乎一个人也没有，仅有的脚步声也都被风声掩盖了。埃尔维斯踩在厚厚的积雪上，悄无声息地往前走。突然，借着路边窗户透出的灯光，一个熟悉的面孔再次出现在埃尔维斯的面前——就是上次雾中偶遇的男孩。埃尔维斯一眼就认出了他，他也认出了埃尔维斯。他们面对面地对视了几秒钟，然后像上次那样，各自朝前走去。

走出几步后，埃尔维斯突然停下脚步，回头望着那个男孩的背影。

“你好！”他喊了一声。

男孩也站了下来，回过头。

“你好！”

雪下得越来越密，模糊了他们的视线。一片雪花刚好落进埃尔维斯的眼睛，他用力眨了眨。

“有什么事吗？”男孩大声问。

“我叫埃尔维斯·卡尔松。”埃尔维斯说道。

“我叫芒努斯·林德。”男孩说道。

然后他们又各自走开了。从那以后，埃尔维斯再没见过那个男孩，可他总会想起芒努斯·林德这个名字。

现在，冷不丁被托尔斯滕这么一问，这个名字就又一次冒了出来。其实卡片寄给芒努斯·林德也挺合适，反正埃尔维斯也没有其他朋友。

托尔斯滕为他演示了信封的写法。埃尔维斯一笔一画地写下“芒努斯·林德”这几个大字。可地址呢？他不知道地址啊！

“他是你最要好的朋友，你居然不知道他的地址？”托尔斯滕问。

“知道是知道。不过他去乡下度假了。”埃尔维斯赶紧编了个理由。

“这样啊。”托尔斯滕一脸若有所思的表情。埃尔维斯就做了唯一的一张卡片，寄不出去太可惜了。托尔斯滕很想帮忙，他问埃尔维斯知不知道芒努斯·林德去了哪里的乡下。

埃尔维斯摇了摇头。托尔斯滕列举出自己去过的所有地方，问埃尔维斯有没有哪一个听起来比较耳熟。

“西海岸。”埃尔维斯也不知道自己哪儿来的灵感。

“太好了！”托尔斯滕说，“应该就在法尔肯贝里。我去过那儿！”

“那我就这么写啦？”埃尔维斯问。他急着想要尽快敷衍过去。

“等一下！我们先要把邮政编码找出来。”

托尔斯滕翻开那本红色的邮政编码簿。他似乎比埃尔维斯还要着急。

“找到了！31100，法尔肯贝里。就这么写！”

埃尔维斯将邮政编码和地址仔仔细细地抄在信封上。托尔斯滕已经写完了自己的卡片，探过头来检查埃尔维斯写对了没有。

“你还要写上寄信人的名字和地址！就写这儿！”

托尔斯滕指了指，埃尔维斯写上了自己的名字和城里家的地址。

“好啦！”托尔斯滕满意地说。

他们问奶奶要了邮票，分别贴在卡片上和信封上，然后跑到汽车站旁边的邮筒前，托尔斯滕先将自己的卡片一张一张塞了进去，然后埃尔维斯也把自己的信封塞了进去。邮筒里接连响起咚咚的声音。

芒努斯 · 林德很快就能收到埃尔维斯 · 卡尔松的卡片啦！

“所以你们两个是最要好的朋友？”托尔斯滕又问了一遍。

“是啊。”埃尔维斯说，“你也有最要好的朋友吗？”

托尔斯滕没有回答。他将手插在裤兜里，微微缩起肩膀，然后扬起下巴，朝旁边的栅栏里面吐了一口唾沫。

虽然托尔斯滕什么都没说，但他既然写了那么多卡片，肯定有要好的朋友。埃尔维斯心想，自己问这问题可真够蠢的。

“行吧，行吧，行吧。”托尔斯滕说自己该回家了。所以他们在邮筒前道了别。

“再见！”埃尔维斯说。

“行吧，行吧。今天就这样吧。”托尔斯滕说。

埃尔维斯回家后，奶奶问埃尔维斯，托尔斯滕在哪儿。

“他回自己家了。”埃尔维斯答道。

“这样啊，”奶奶说，“我还以为他会跟你回来呢。”

是啊。埃尔维斯也感到一阵失落，自己还有点儿想他呢。尽管他们不是朋友，可一旦身边少了托尔斯滕，埃尔维斯总觉得像缺了点儿什么似的。

“他明天应该还会来的。”埃尔维斯说。

“是啊，我觉得他很需要你，埃尔维斯。”奶奶说。

埃尔维斯睁大了眼睛看着奶奶。他的心怦怦直跳，胸腔里溢满了说不出的喜悦。不过奶奶说的会是真的吗？托尔斯滕有那么多朋友，到处都是！他怎么可能在乎埃尔维斯呢！

“你知道吗，他是一个寄养儿童。”奶奶说。

什么？寄养儿童？

“不是的，他是来乡下度假的！”埃尔维斯说。

可奶奶说，托尔斯滕是一个孤儿，没有爸爸也没有妈妈，所以只能辗转生活在不同的寄养家庭里。他上一个寄养家庭在埃斯基尔斯蒂纳，现在这个就在村里，从去年秋天开始，他就一直住在乡下。

不会吧！那托尔斯滕岂不和村里的其他孩子一样，也是一个“小乡巴佬”了吗！那他为什么非说自己是从城里来乡下度假的呢？

托尔斯滕为什么要骗他呢？

还有，他干吗要说村里的孩子都是“小乡巴佬”呢？

“你好像有心事啊，埃尔维斯。”奶奶说，“能告诉奶奶吗？”

可埃尔维斯必须一个人想想清楚。

奶奶很理解他。

10 西班牙妈妈

“Hasta la vista!”妈妈在电话里一边说一边笑，“Hasta la vista!”

这是她在加那利群岛度假时学会的西班牙语，意思是“再见！”。

妈妈和爸爸已经回家了。

那天一大早，爸爸就给爷爷打电话，说他们刚下飞机，现在乘火车进城，然后开车到乡下接埃尔维斯。

埃尔维斯完全没想到他们已经回来了，爷爷奶奶也不知道，大家都以为他们要第二天才到呢。

从机场坐火车进城也就不到一个小时的时间，埃尔维斯手忙脚乱地刚收拾好自己的东西，甚至还来不及去和托尔斯滕告别，爸爸就到了。爸爸说妈妈还在家里等着，所以急着开车回去。

这一切发生得太快了。埃尔维斯突然就要回家了。

总算开到了家。他们走出汽车，老远就听见房间里飘出的音乐声。那是一首陌生的旋律，不属于妈妈的任何一张唱片，反正埃尔维斯从没听过。

埃尔维斯几乎快认不出妈妈了。她扭动着身体，跳着舞步迎了上来，头上戴一顶宽沿的大草帽，一张脸被深色的大墨镜遮掉一半，两侧挂着两条长长的耳坠，手腕上还套着好多手链。妈妈的手指间似乎藏了个圆乎乎的东西，她伴着音乐的节拍将手指夹来夹去，发出啪啪的响声。她的脸颊泛着红晕，两条胳膊被晒得通红通红的。

她一看见埃尔维斯，立刻停止了夹手指的动作，伸出胳膊紧紧拥抱了他，接着将一顶差不多的宽沿草帽扣在埃尔维斯的头上——爸爸也戴了一顶——然后拉上埃尔维斯跳起舞来。唱片是他们从加那利群岛买的。埃尔维斯不会跳舞，只觉得一阵阵发窘。爸爸妈妈拉着他的胳膊晃来晃去，嘴里还唱着奇奇怪怪的词。

跳完舞，爸爸妈妈拿出了送给埃尔维斯的“很棒的礼物”。

是一只驴子玩偶，几乎和塞桑差不多大。这是一只小灰驴，一双棕色的眼睛是用透明玻璃做成的，两只毛茸茸的耳朵竖得高高的，脖子上还套了颈圈。妈妈说，这只驴子名叫“布洛”。她夸张地用大舌音连说了好几遍“布洛”“布洛”。

妈妈将布洛抱在怀里，又跳了起来。塞桑跑过来，跳着往她身上扑。妈妈只得放下布洛，抱起塞桑转起圈来，然后催促着埃尔维斯抱着布洛一起跳。埃尔维斯打心底里不乐意，只觉得脸上阵阵发烫。可他知道不应该扫妈妈的兴。于是他努力装出高兴的表情，一边单脚跳着，一边高声喊道：“开心开心真开心！”

“你这个小开心果！”妈妈笑了起来。

她转了一圈又一圈，审视着镜子里的自己。她完全沉浸在自娱自乐之中，甚至忘了问埃尔维斯喜不喜欢小驴子。其实埃尔维斯根本不用担心妈妈会扫兴或失望，她的情绪空前地高涨，旁若无人地陶醉其中。妈妈和以前不一样了，埃尔维斯在高兴之余，也有点儿担心。

爸爸站在厨房里，将旅行箱里的瓶瓶罐罐和各种糖果拿出来放好。他将草帽往脑后一推，上面的橡皮筋正好勾住脖子，将草帽挂在背后。爸爸还是老样子。埃尔维斯也将草帽摘了下来。妈妈立刻走了过来，拿起草帽就往他们的头上扣。

“别乱动！”爸爸说。

“就是，别乱动！”埃尔维斯跟着说。

妈妈一点儿也没有生气，只顾着一下接一下地夹着手指。

她说，这是西班牙的民间伴奏乐器，名叫响板。妈妈说完，又是一阵噼里啪啦的响声。

爸爸和埃尔维斯将草帽放到一旁。爸爸把买来的糖都给了埃尔维斯。

妈妈抱着埃尔维斯，在他脸蛋上左亲一下，右亲一下。她笑着，唱着，跳着，打着响板，手腕上的手链发出叮叮当当的脆响。

“妈妈彻底疯了。”爸爸对埃尔维斯说。

爸爸说得一点儿不假。妈妈以前从没有这么兴奋过。好在爸爸还算正常。

吃完饭的时候，他们围坐在餐桌边，聊起加那利群岛的度假之旅。他们说起旅途中认识的朋友：茜茜、雪伦，还有其他好多人。他们回忆起一路上的趣闻逸事，然后碰一碰杯，喝一口红酒，相视一笑。

说着说着，妈妈突然放下酒杯，直直地看着前方，说道：“唉，这就回来了……”

她说这话的时候显得很不高兴。但她很快又往酒杯里倒了些红酒，继续说说笑笑起来。她偶尔会看一眼埃尔维斯，然后说：“为我们的团聚干杯！”

埃尔维斯看看妈妈，又看看爸爸。爸爸满脸疲倦，没说太多的话。妈妈基本不太看爸爸和埃尔维斯，只是自顾自地往下说。说到兴起时，她会一个人哈哈大笑起来，似乎并不在意其他人的反应。

“所以你也当了一回游客，是吗，妈妈？”埃尔维斯问。

妈妈笑得前仰后合。

“瞧这孩子说的！他都知道‘游客’这么专业的词了。我们的小埃尔维斯真厉害，是不是？”妈妈冲爸爸说道。

爸爸也觉得埃尔维斯很厉害，他也跟着笑了起来。可埃尔维斯没笑。今晚妈妈根本没心思注意他，所以他不用为了迎合妈妈而做出任何表情，他只需要做自己就可以了。他可以把心里想的全都写在脸上，只不过他也不知道自己心里究竟是怎么想的，只觉得一切都怪怪的，怎么看怎么别扭。

不管怎么说，现在爸爸妈妈回家了，他的生活很快又能回到正轨了。

可他想错了。

“Hasta la vista!”妈妈冲电话那头说道。

电话那头是妈妈在旅行途中认识的雪伦。换作其他人，妈妈才不会用西班牙语打招呼呢。妈妈身上晒出的红晕已经褪去，皮肤又恢复了从前的苍白。

不过她还戴着墨镜、耳坠和手链，还会播放在加那利群岛买的新唱片，也还会打一打响板，只不过没有刚回来时那种兴奋劲儿了。

她给希万阿姨打电话的时候抱怨说，一切都和从前不一样了。妈妈刻意压低了嗓音，生怕埃尔维斯听见。不过埃尔维斯还是从只言片语中猜出了个大概意思：妈妈总是怀念在加那利群岛度假的日子，一回到家，哪儿哪儿都不顺眼，日常的琐事都快把她逼疯了。

“我在家里实在憋得慌，整个人都要发霉了。”妈妈这么说过一次。

家里的确无聊，所以大部分时间里，埃尔维斯都待在外面。一到夏天，他总有很多事要忙：播种，栽花，去火车站和仓库见老朋友。简而言之，他又回到了正常的生活。

他也会和布罗瓦尔——那个醉醺醺的埃纳尔见面，也就是那个可能成为安娜罗萨爸爸的男人。他们算是真正的朋友。布罗瓦尔经常一个人坐在铁路旁的咖啡馆里，埃尔维斯一来，他就不孤单了。

埃尔维斯知道，布罗瓦尔和自己一样，也很想念安娜罗萨，只是他们从来不说而已，确切说，他们总在刻意回避关于安娜罗萨的话题。不过像现在这样坐在咖啡馆里，和可能成为她爸爸的人聊一聊天，埃尔维斯就已经很满足了，因为感觉上他和安娜罗萨的距离更近了一些。

和布罗瓦尔聊天总是很轻松。

“咱俩的确很能聊得来！”布罗瓦尔说。

他们下了盘五子棋，玩了玩牌，还掷了骰子。布罗瓦尔往投币式点唱机里塞了枚硬币，音乐立刻响了起来。他一般请埃尔维斯喝汽水，有一次还点了杯淡啤酒给埃尔维斯。

“看着还不错吧？”布罗瓦尔说。

“挺不错的！”埃尔维斯说完，用吸管吸掉上面的浮沫。

啤酒的泡沫比汽水的泡沫厚多了，埃尔维斯吸了半天才喝到啤酒。

他们还经常玩一种冰球游戏，埃尔维斯赢的次数更多一些。

咖啡馆里还有一台老虎机，布罗瓦尔说自己靠它赢了不少钱，可埃尔维斯看见的时候，布罗瓦尔总是输钱的。不过布罗瓦尔的确有不少钱，否则他也请不起埃尔维斯。埃尔维斯说了好多次不需要他请客，自己来就是聊聊天的，可最后总拗不过布罗瓦尔。

“我请我的哥们儿喝点儿东西怎么啦？”他佯装生气。

埃尔维斯和布罗瓦尔的确是哥们儿。

“埃尔维斯，要是没有你的话，我真不知道……”布罗瓦尔常常这么说。

妈妈也总对希万阿姨说这句话，不过在埃尔维斯看来，有没有希万阿姨无所谓，布罗瓦尔就不一样了。有时候，他的确会喝得晕晕乎乎的，他自己也这么说。

“我又喝高了，埃尔维斯。”布罗瓦尔说，“我现在满嘴胡话，你可千万别当真。”

不过他并没有说胡话，哪怕喝高了也不会。有那么一两次，布罗瓦尔身体不大舒服，是埃尔维斯送他回的家。他们抄近道去往城外的一幢绿色房子，里面有间布罗瓦尔醒酒用的小房间。

但大多数时候，布罗瓦尔都是清醒的。他风趣幽默，为人和善，和他在一起，时间似乎过得特别快。

而家里的日子就没那么好过了。

爸爸说，加那利群岛的度假之旅似乎对妈妈有害无益，埃尔维斯也这么觉得。妈妈变得越来越陌生。而且他们最终也没能拯救婚姻。

一天，妈妈突然和埃尔维斯说，自己要搬去外婆家了，她和爸爸现在一刀两断！

“离婚，坚决离婚！”她说，“没什么好商量的！”

他们必须赶在爸爸下班前离开家。妈妈以旋风般的速度一连收拾好几只行李箱。埃尔维斯不知所措，他既来不及思考，也来不及反对，只能跟在妈妈屁股后面，像只没头苍蝇似的晃来晃去。

“别挡道，埃尔维斯！”她说。

埃尔维斯一会儿躲到这里，一会儿躲到那里，站在哪儿好像都碍事，妈妈越看他越不顺眼，脸色越来越难看。

妈妈收拾好了，催促埃尔维斯赶紧动身。她在餐桌上留了一封信，把家里的门一扇扇重重关上，发出嘭嘭的响声，然后抱起塞桑，拽着埃尔维斯出了家门。

他们坐汽车去外公外婆家。埃尔维斯每次去爷爷奶奶家，也都是坐的这趟汽车。不过到外公外婆家还要多坐几站。这条线路，埃尔维斯一个人坐过好多遍，再熟悉不过了。所以当汽车停在爷爷奶奶家那一站的时候，他习惯性地站起来想要下车，妈妈将他一把按回座位上。

“你省省吧！我们现在要去外公外婆家！以后也不会去爷爷奶奶家了！”

埃尔维斯这才意识到发生了什么。尽管正值盛夏，外面一片阳光灿烂，埃尔维斯的心里却是凉飕飕的。

最糟糕的是，他的脑子也像冻住了一样，再也无法思考。

11 住在外公家

“这事没得商量，埃尔维斯！”妈妈说完，转过身避开他的目光。

他们在说离婚的事，妈妈的口气很坚决，表示绝对没有商量的余地。埃尔维斯有好多的问题，他急着想要知道答案……还有一两个星期就开学了。他得回到城里，回到爸爸身边，回到安娜罗萨和布罗瓦尔身边。他总不能一直待在乡下吧！这怎么行！

“闭嘴，埃尔维斯！别成天嚷嚷了，吵得我头疼！”妈妈说。

“要知道，你妈妈现在很难过，”外婆说，“你就别再问了。”

难过，哼！他们想过他的感受吗？莫非他们觉得他很高兴？他们成天瞒着他说悄悄话，一看见他就一声不吭，这样他就能过得好了？他们不会真这么觉得吧？

不过和他们是讲不通的。他连和爸爸沟通都困难。爸爸每天都会打电话过来，和埃尔维斯聊上两句，不过从不肯认真回答他的问题。

“会好的，埃尔维斯！你放心吧。”

埃尔维斯听得出，爸爸是在敷衍自己。

为什么爸爸就是不肯正面回答问题呢？

埃尔维斯心中充满了不安，还有愤怒。但他的愤怒无处宣泄，只能渐渐凝固成一团，并且不断膨胀。不过从外表看不出来，所以谁都不知道。埃尔维斯不敢开口，他怕一开口就忍不住大吼大叫起来，他讨厌爸爸妈妈，讨厌外公外婆！没准儿也讨厌爷爷奶奶！因为他们什么都不做！他们不管不顾，也不想着帮帮他的忙！

埃尔维斯以前从没有过这种感觉，现在他看谁都觉得讨厌，可又不敢流露出自己的情绪。要是真说出来的话，一定会造成灾难性的后果！到那时候，谁都不会要他了——大概只有爷爷才会收留他……

外公肯定会采取不理不睬的态度。外公不会大吼大叫，因为按照妈妈的说法，他是一个体面的绅士，懂得克制情绪，顶多只是脸部肌肉微微抽搐而已。外公会尽量不去看埃尔维斯，他会照常和其他人谈笑风生，只是把埃尔维斯当空气。

外公的理论是，这才是教育孩子的正确方式。对孩子不应该打骂，而应该表达出自己的厌恶，忽视他们的存在。妈妈说，这就是外公的高明之处，他从不轻易表露自己的主观感觉，只是陈述客观事实。

妈妈就是在这种“有教养”的家庭中长大的，她颇引以为豪。所以她对外公怀有相当的敬意。

对于外婆，妈妈就没有那么崇拜了。不过外婆也是一个体面人。她的品位很不错，挑选的家具摆设都是店里最精致最漂亮的。

这就是外公外婆有范儿的地方。所以妈妈一直说，在外公外婆面前，埃尔维斯必须懂得克制，努力营造出一个良好的印象，免得给她丢人。

外公是一名教堂司事。星期天去教堂的时候，他总是穿一身黑色西装，皮鞋擦得锃亮。牧师经常给外公打电话，教区内的绅士太太们，但凡举办婚礼、葬礼或洗礼，也都会特意打电话来，恭恭敬敬地邀请外公出席。外公也总是欣然应允。在外公讲电话的时候，你必须安静得像只老鼠，直到通话结束。他会慢慢挂上电话，然后手按着电话站一会儿，思考，因为那些电话里说的事都很重要。

外公并不信上帝。他说神职人员才注重信仰，他不过是恪尽职守而已。妈妈说，外公是个时髦的人，当然外婆也很时髦。她的嘴唇和脸颊总是化着妆，妈妈觉得外婆看上去要年轻很多。外婆总喜欢问别人，她跟谁谁谁比起来显不显老，妈妈也总是回答说，外婆看着比同龄人都要年轻。埃尔维斯明白了，人一旦上了年纪，保持外表的年轻很重要。

外婆还是一个讲究卫生的人。只要她的目光突然变得锐利起来，紧紧皱起眉头，埃尔维斯就知道自己又没达到卫生要求了。埃尔维斯身上总是脏兮兮的，电灯开关、门把手上都是他黑乎乎的手指印。

“住在这里就要遵守这里的规矩，第一条就是要勤洗手。”外婆脸上挂着微笑，但埃尔维斯知道，她绝不是在开玩笑。

外公外婆家的规矩很多。比如墙上的挂画一点儿都不能歪，地毯的流苏也要保持整齐。外婆有的时候也会提醒妈妈，特别是关于地毯。

“走路的时候轻一点儿，小心一点儿，”外婆对妈妈说，“这样地毯的流苏就不会弄乱了。”

有一次，妈妈冲外婆发火，让她少嚷嚷！外婆做了个噤声的手势，小声说，当着埃尔维斯的面，妈妈不应该大吼大叫，说完还朝埃尔维斯的方向努努嘴，一副意味深长的表情。外婆总想让埃尔维斯以为，她和妈妈是从不吵架的。可埃尔维斯又不是傻子，他看见过她们怒目相视的样子。

在外公外婆家，做什么事都像是交易。有一次，埃尔维斯主动给花园拔了草，外公外婆将他大力夸赞了一番，弄得他脸都红了。埃尔维斯只是觉得拔草很有趣，可外公外婆坚持要付钱给他，并且认认真真地丈量了他拔草的面积，然后按照市面上的价位计算出他所应获得的酬劳，埃尔维斯听着脑子都晕了。他们这么做，当然是为了他好，确切地说，他们所做的一切都是为了他好，这才是最令埃尔维斯崩溃的地方。

妈妈说，她之所以决定离婚，也是为了埃尔维斯好。只有离了婚，她和埃尔维斯才会过上更好的生活，这一点她必须要让埃尔维斯明白。

妈妈以前生爸爸气的时候，说了无数遍离婚。对于埃尔维斯来说，“离婚”这个词就是他们用来吵架的专有词汇，以前他并不明白离婚是什么意思，现在他懂了。

离婚意味着一切的结束。妈妈说，他们就不再是一个家庭了，埃尔维斯以后也不和爸爸住在一起了，他和妈妈会有自己的房子。如果埃尔维斯想要见爸爸的话，他就一个人去见好了。

不，埃尔维斯不相信妈妈的话。她只是在开玩笑，在撒谎。他们当然得回家。他马上就要升二年级了！他和妈妈的东西都还在原来的房子里！那些都是妈妈珍爱的东西！比如猫王埃尔维斯 · 普雷斯利的唱片，妈妈都不要了吗？

“别一惊一乍的，埃尔维斯！我当然要拿回我的东西！”妈妈不耐烦地说。外婆示意埃尔维斯小声点儿。

“你妈妈现在很难过，埃尔维斯！别问那么多问题！”

唉，其实问不问都一样……

一天早上，爸爸突然过来了，说要接妈妈去聊聊。埃尔维斯不知道爸爸要过来，外公外婆什么都没说。不过他注意到，妈妈起床后刻意打扮了一番，外婆和妈妈窃窃私语的时间比以往都要长，而且举止有些反常。

她们站在窗前向外张望，小声说着话。

“坚持住，亲爱的。”外婆说完，抱了抱妈妈。

埃尔维斯跑到窗前，一眼就看见停在栅栏外的汽车。爸爸已经下了车，一边抽烟一边来回踱着步，并没有上来找他们。

埃尔维斯像离弦的箭一般冲下楼梯，结果被外公拦了下来。外公说，爸爸和妈妈今天要单独聊聊，所以埃尔维斯不能跟着。

可埃尔维斯想要见爸爸一面。他拼命扭动着身体，试图挣脱外公的控制。外婆走过来说，要么就让埃尔维斯出去和爸爸打个招呼。可妈妈不愿意。她说改天可以，今天不行。埃尔维斯和爸爸见面的话，只会让事情更麻烦。

妈妈拍了拍埃尔维斯的脸颊，又抱了抱他，然后说，自己真嫉妒埃尔维斯，能和外公外婆在乡下待上一整天。妈妈要到很晚才会回来，所以埃尔维斯必须保证表现得特别乖，特别听话。

埃尔维斯什么都没说，他在等爸爸。他知道爸爸一定会上来接他的。等看到妈妈一个人走出房子的时候，爸爸就会进来的！埃尔维斯知道爸爸也想见他，因为每次打电话，爸爸都会说："真想早一点儿见到你啊，埃尔维斯！我很快就会接你回家！"

要说爸爸专程来接妈妈，而不带上他，埃尔维斯是无论如何都不信的。他听完妈妈的一番话，然后点了点头，目送着妈妈一个人走了出去。他知道爸爸会来的！

妈妈走出门的时候，外婆一直牢牢抓着他的手。埃尔维斯不喜欢这样，但也没说什么。反正爸爸会来的！

埃尔维斯和外婆站在门厅里，妈妈刚刚推门出去。埃尔维斯能听见她匆匆走过沙石路的脚步声。他竖起耳朵，想要捕捉爸爸的动静。外婆抬起头，透过门上的小玻璃窗往外看了一眼。埃尔维斯还不够高，踮起脚也够不到。不过他一点儿也不着急，他知道爸爸会来的！

爸爸一定会来的！

他知道……

这时，外面突然传来嘭的一声，有人关上了车门！紧接着是发动引擎的轰隆声！外婆这才松开手，朝着他微微一笑。

“好了，埃尔维斯。”她说，“现在你可以出去玩了！”

埃尔维斯径直向栅栏外冲去，可爸爸的汽车已经开走了，连个影子都看不见。爸爸没有来接他。

就差几步而已……爸爸已经都到这儿了，可就是没有进来。

埃尔维斯站在原地，望着汽车离开的方向，等啊等啊。说不定爸爸先要去办点儿事，比如买包香烟之类的，然后就会回来接他呢？

埃尔维斯心里乱糟糟的，可他还是坚持等下去。好像只要一直等下去，希望就不会消失一样。他还以为……他还以为爸爸一定会来接他的。

可是，爸爸并没有来接他。

过了好久好久，埃尔维斯才不得不接受了这一事实。

他就那么站着，等着，可爸爸的汽车始终没有再出现。

他倒是等来了外公。外公问埃尔维斯愿不愿意跟他去商店。他们正好散散步。外公说，他会给埃尔维斯买支冰激凌，一支很大很大的冰激凌，保证埃尔维斯吃个够。

埃尔维斯愿意跟外公走。

现在的埃尔维斯格外听话，别人怎么说，他就怎么做。外公开玩笑地说：“我说埃尔维斯，你要是总这么乖，天下不就太平了嘛！”

不难看出，外公现在心情很好。他一路走一路开着玩笑。不过外公的玩笑半真半假，有时候还挺刻薄的。埃尔维斯常常窘在那里，不知道该做何反应。

妈妈说，这是因为埃尔维斯缺乏幽默感。外公就不一样，他天生幽默风趣，这是一种从骨子里散发出的气质。不像爷爷——爷爷没有真正的幽默感，他只有喝了酒才会变得可笑。两者有着本质的区别。

没错，埃尔维斯也留意到了区别。所以他在外公外婆家住着才特别不自在——他是一个不讲卫生的人，又没有幽默感。要说时髦嘛，他倒也不差，因为他也不相信上帝。不过爷爷也不信。爷爷什么都不信。妈妈说，正是因为他这种随便的态度，做什么都不行，所以才一事无成。

埃尔维斯不由担心起来：自己也会一事无成吗？

外公果然给埃尔维斯买了一支冰激凌，而且是店里最大的一支！

"别把冰激凌打翻了，小冒失鬼！"外公笑起来。

埃尔维斯是不会打翻冰激凌的。无论是对于冰激凌，还是对于外公，他都会保持格外谨慎的态度。他知道，只要自己不惹外公生气，外公就会表现出十足的幽默感，不时开开玩笑，就像现在这样。

外公发出一阵爽朗的笑声。

虽然埃尔维斯不知道外公在笑什么，可他觉得，笑总归是好的。他害怕看见外公脸部肌肉抽搐的样子，那是外公极力克制自己的表现，说明埃尔维斯又做了蠢事。

现在，他和外公正走在回家的路上——一条洒满阳光的乡间小道。埃尔维斯牢牢握住冰激凌，一口一口舔着。外公不时回过头，向埃尔维斯投来满意的一瞥，然后说点玩笑话。

外公始终走在埃尔维斯前面几步。这是他的习惯，他喜欢走在别人前面。外公拄了根手杖，手杖粗粗的，看起来像一根吸管。外公走路速度很快，而且紧贴着右侧路沿。埃尔维斯一声不吭地跟在后面。

突然，埃尔维斯看见，外公正在……

不，这太可怕了！不！

路旁绽放的红菽草、法兰西菊和风铃草纷纷探出脑袋，迎风摇曳着。外公挥起手杖，朝它们狠狠打去，边打还边笑。那些花儿的小脑袋被从花茎上齐齐斩断，蔫蔫地落了一地。

外公没看见自己都做了些什么吗？

埃尔维斯跑上前去，一个劲儿往外公旁边挤，试图挡在他和路沿中间，这样外公的手杖就打不到那些花了。

但外公不肯挪位置。

“你非要走在我的身边的话，就去另一边好了，听到了吗，埃尔维斯？”外公边说边加快了脚步，“反正对面也没车。”

外公自顾自往前走，继续摧残路边的花花草草。埃尔维斯只能眼睁睁看着，什么都做不了。

“当心你的冰激凌！”外公说，“赶紧吃掉，不然全都化了。”

埃尔维斯一口接一口地舔着，可冰激凌怎么吃也吃不完。

回家的路突然变得无比漫长，怎么走也走不完。

什么破路！什么破冰激凌！

外公又走到他前面去了，扬起手杖挥来挥去，把路边的花打得噼里啪啦直响。埃尔维斯拿着大大的冰激凌跟在后面，整个人都快石化了。

他能感到，凝固成一团的愤怒正在内心不断膨胀。他必须发泄出来！他一定得做点儿什么！

可他不敢。

他只能乖乖跟在外公身后，按照外公的吩咐，赶在冰激凌融化之前吃完它。

12 离家出走

冰激凌总算吃完了！

一滴都没漏，一点儿都没洒！

漫长的路也总算走到了尽头！

他们到家了。外公将手杖一甩，笑着走进家门。他对埃尔维斯很满意，也为自己感到骄傲。他尽到了一个做外公的责任——带着外孙出去散了散心，还给他买了一支冰激凌。

这下外婆可以放心了。看样子，埃尔维斯的情绪还不错——当然了，这都是因为外公会逗他开心。只要和外公在一起，他就不会惦记爸爸妈妈的事了。

外婆知道外公的本事，自然也很信任外公。

“让他一个人静静，别去吵他！”外公说。

外婆照着做了。

现在，房间里只剩下埃尔维斯一个人。他想做什么都行。

时间指向中午十二点，太阳正高高挂在天空中。

阳光这么烈！埃尔维斯知道自己该做什么了！

他们刚才走过的乡间小路旁，还留着外公用手杖打下来的花朵，红菽草、法兰西菊和风铃草的小脑袋横七竖八地倒在地上，要是他再不抓紧的话，它们可都要被晒死了。

埃尔维斯找了一只塑料袋，顺着过来的路往回走。他将所有折断的花儿一一捡起来。埃尔维斯找得很仔细，生怕错过任何一朵——绝不能把它们留在这里，任由它们被过路的人踩来踩去，或是在毒辣辣的阳光下渐渐枯萎。

埃尔维斯找齐了所有的花，然后向教堂边的小溪走去。小溪上有一座木质的小拱桥。埃尔维斯走到桥中间，将塑料袋倒扣过来，把花儿的小脑袋统统倒了下去。它们在空中打着旋儿，然后轻轻柔柔地落在水面上。埃尔维斯看着花瓣一片片舒展开来，向教堂的方向缓缓流去，心里一阵欣慰。那场景别提有多美了。

这些花儿总算不会渴死了。

埃尔维斯站在桥上目送着花儿远去，这时，一辆汽车突然出现在路边，就停在教堂前面。那里是一个汽车站。

汽车稍稍停留了片刻，随即继续向前驶去。埃尔维斯赶紧跑了过去，双手在空中不停挥舞着。他挡在汽车前面，迫使对方停了下来。

“等等我！”他喊道，“等等我！等等我！”

车门开了。

“你要上车吗？”汽车司机问道。

“我要去爷爷家！”埃尔维斯气喘吁吁地答道。

埃尔维斯坐过好多趟。开这条线路的每次都是同一个司机。他知道埃尔维斯的爷爷是谁，也知道埃尔维斯应该在哪儿下车。他们算是老熟人了。

“等到了那儿，爷爷会帮我付钱的。”埃尔维斯说。

“那也行。”司机说完，招呼埃尔维斯上了车，然后继续往前开。

车上很空。最后一排坐着一个拎着铁皮桶的老爷爷。汽车中间的位置坐着两三名女士，她们穿着透明的玻璃丝袜，露出圆圆的膝盖，讨论着进城买什么东西，对埃尔维斯完全没兴趣，这倒让他觉得很自在。

埃尔维斯靠在椅背上，透过车窗往外看。嗯——

他这就算离家出走了！

还挺简单！

他一样东西都没带，全都留在外公外婆家了。这感觉真不错！

他们爱说什么就说什么好了。反正他是不会回去的！谁让他们哄他，骗他，说话不算话，他们活该！爸爸妈妈爱离婚就离婚好了。既然他们不考虑埃尔维斯的感受，那埃尔维斯也犯不着考虑他们的感受！

一想到外公用手杖把花儿打得七零八落，埃尔维斯就气不打一处来。什么人才会干出这种事来呢！

谎话连篇的骗子！摧残花儿的杀手！哼！

还是想点儿别的吧！

这辆车是往城里开的，爸爸妈妈正在那里聊着呢。不过埃尔维斯不去那么远的地方，他坐到爷爷家就下车，只有几站路而已，马上就要到了。

要是看见自己去了，爷爷奶奶一定很高兴。埃尔维斯知道，爷爷奶奶家的大门永远向自己敞开。

汽车站就在爷爷奶奶家的栅栏外面。汽车停下来的时候，爷爷刚好出来取报纸。车门一开，他就看见埃尔维斯跑了下来。爷爷张开双臂，埃尔维斯一头扑进他的怀里。

然后，爷爷帮埃尔维斯付了车费，将他举到肩上，迈着大步走进家门。

“埃尔维斯就住这儿了。”爷爷对奶奶说。

奶奶高兴极了，脸上泛起了红晕。

“真的吗，太好了！”她说。

“不过那边还不知道呢。我们得打个电话和他们说一声。”爷爷说完，将埃尔维斯放了下来。

“外公和外婆不知道你在这儿吗，埃尔维斯？”奶奶问。

“不知道，我是一个人溜出来的。”埃尔维斯解释道。

“这样啊。”奶奶说，“那我们得赶紧打个电话，以免他们担心。”

“那他们不会过来接我回去吧？”

埃尔维斯很忐忑，不过爷爷安慰他说，既然他决定了住在哪儿，大家就应该尊重他的意见，而不应该七嘴八舌地替他做主。奶奶也同意爷爷的看法。

她只是不知道埃尔维斯的妈妈会怎么说。

“她才不管我做什么呢。”埃尔维斯说。

爷爷没说话。奶奶站出来打圆场说，妈妈是关心埃尔维斯的，只不过没表现出来而已，因为她现在也不好过。

“妈妈和爸爸闹了点矛盾，所以心情自然不好。”奶奶说，“你能理解吧？”

埃尔维斯当然能理解。不过他觉得，爸爸妈妈迟早会和好的。

“他们闹矛盾要闹多久？”他问。

奶奶的表情凝重起来。她说，自己知道的并不比埃尔维斯多多少，现在只能盼着他们早点儿解决问题。

“他们离不离婚，我才不在乎呢！”埃尔维斯说。

奶奶觉得，埃尔维斯一定是在乎的。

“不过偶尔发泄一下也是好的。”她说。

“当然需要发泄！”爷爷攥紧拳头狠狠捶在桌子上，花瓶都跟着颤动了一下。“他们爱怎么折腾就怎么折腾，我也不在乎！”

“你嘴上这么说，心里才不是这么想的。”奶奶微微一笑。

爷爷气鼓鼓地走到水槽前。

“我想怎么说就怎么说！我不管他们，他们也甭管我！”爷爷一跺脚，愤愤地朝水槽里吐了口唾沫。

埃尔维斯偷偷瞥了一眼奶奶的表情，也跟着跑到水槽前，往里面吐了口唾沫。

“对，他们甭想管我！”他学着爷爷的口吻说道，说完也跺了跺脚。

“我这就给你外公打电话，”爷爷说，“我倒要听听他怎么说。”

这通电话打得很短，主要是外公在说话。埃尔维斯听得出，他们在讨论责任的问题。埃尔维斯住在爷爷奶奶这里的话，万一出了事，谁来负这个责呢？

“我来！”爷爷说，“出了什么问题，我来承担好了！”

“我也一起！”奶奶急切地小声说道。

“还有我呢！”埃尔维斯说。

“这事就这么定了。”爷爷对外公说。

那就没什么可讨论的了。外公那边挂了电话。

爷爷放下电话听筒，一脸满意的表情。

“依我看，你外公也觉得这样挺好。”爷爷说。

“嗯，因为我在那儿住不惯。”埃尔维斯说。

奶奶说，埃尔维斯在哪儿应该都能住得惯。不过埃尔维斯坚持说，这话不对，换作是爷爷奶奶的话，他们在那儿也会住不惯的。

“你说得没错，埃尔维斯。是我想当然了。要说在哪儿都住得惯，任何人都做不到。”

奶奶一脸严肃地点点头，她显然听懂了埃尔维斯的意思。

“甭管别人怎么样，我们三个住在一起住得惯就行了！是吧，埃尔维斯？”爷爷说。他们三个你看看我，我看看你，哈哈大笑起来。

就这样一连过了好几天。

妈妈和爸爸每天都会打电话来。他们都想和埃尔维斯说话，可埃尔维斯懒得搭理他们。奶奶也没有强迫他。她知道等埃尔维斯想通了，自然会和爸爸妈妈讲话的。埃尔维斯需要的只是时间，他还不知道应该和他们说什么。现在，他巴不得把爸爸妈妈都忘掉才好呢。

妈妈还是住在外公外婆家，爸爸一个人住在城里，他们的问题显然还没解决。

对于埃尔维斯离家出走的事，妈妈什么都没有说，她只是想不通，埃尔维斯为什么不肯和自己说话。她觉得很伤心，可也没办法，只能拜托奶奶替她转达对埃尔维斯的问候。

奶奶问埃尔维斯，有什么话是他想对妈妈说的，埃尔维斯说，目前他还想不到。如果想到了，他会自己告诉妈妈的。

埃尔维斯既不想妈妈，也不想爸爸。他甚至不想安娜罗萨或代课老师了。可他总觉得心里像缺了一块似的，隐隐作痛。他也不知道自己想要见谁，或是想要做什么。他只是想……

埃尔维斯因此躁动不安，一刻都静不下来。有时在外面玩得好好的，他突然想要回家，可回了家，他又想要出去。还有的时候，他像只没头苍蝇似的，从这个房间跑到那个房间，想要找一点儿能让自己产生安全感的东西。

或许是奶奶厨房里的气味。或许是约翰房间里的窗帘。埃尔维斯会站在约翰的窗前，怔怔地看上好久好久。

到了晚上，餐桌上的吊灯打开的时候，会在格纹桌布上投下一圈淡淡的光晕。那是埃尔维斯最有安全感的时候。偶尔，他会站在花园里，看着爷爷奶奶家的灯光一盏一盏亮起，内心渐渐平静下来。

这些天以来，他连个玩伴都没有。因为托尔斯滕跟着养父母出去了。

“为什么要叫养父母？”埃尔维斯问奶奶。

奶奶也说不清楚。她猜，可能是因为他们不是托尔斯滕真正的父母，而只承担照顾他、抚养他的责任，所以才被称为养父母。

这让埃尔维斯突然产生出一个想法，说不定爸爸和妈妈也不是自己真正的父母，而只是养父母而已。

没准儿他也和托尔斯滕一样，是一个寄养儿童。对，很可能就是这样。谁知道呢——托尔斯滕大概也以为，他的养父母就是亲生父母。这么多年以来，埃尔维斯一直被蒙在鼓里。现在他开始疑惑了……

毕竟，他也不是妈妈喜欢的那个真正的埃尔维斯……

所以，妈妈可能也不是他所以为的那个真正的妈妈？

谁知道呢？

那爷爷和奶奶呢？他们该不会也是……？

不可能！埃尔维斯立刻否定了自己的想法。他们肯定是他真正的爷爷和真正的奶奶。因为他们三个很能处得来，这一点是不会错的！至于妈妈嘛……还有爸爸……

埃尔维斯在房间里转来转去。他一会儿想出去，一会儿又想进来。出去的时候想进来，进来的时候又想出去。他脑子里在不停地想，可又不知道自己想要见谁，想要做什么……

晚上，埃尔维斯坐在约翰的绿色吊床里，月光洒在他身上。爷爷为他把吊床拴在两棵苹果树之间。埃尔维斯望着满天的繁星，前前后后摇来摇去。

爷爷奶奶的房子里，接连亮起的灯光点亮了一扇又一扇窗户。

一天，爷爷用树皮给埃尔维斯做了一只小船，然后带着他去房子后面的小溪里试水。爷爷问埃尔维斯，记不记得外公家附近有一片小树林，里面也有一条小溪，其实它们是同一条。

真的吗？

千真万确。

埃尔维斯将手探进溪水里……这么说来，溪水也是同样的溪水……

到了晚上，天色渐渐暗了下来，埃尔维斯找到奶奶，问她要了根长长的白蜡烛。埃尔维斯没说原因，奶奶也没问。她信任埃尔维斯。

外面一片静谧。蟋蟀在草丛里唱着歌，月亮高高挂在夜空之中，皎洁的月光洒了一地，把草叶照得亮晶晶的。埃尔维斯小心翼翼地将爷爷做的树皮小船捧在手心，独自走到小溪边。小船上还竖着奶奶给他的蜡烛。

埃尔维斯蹲下身，将小船放在水边的几块石头中间，然后从口袋里掏出一张纸条，最后看了一眼。

他在纸条上写着“你好，妈妈”四个字，下面还画了一朵风铃草。埃尔维斯看着纸条，陷入了沉思……

他想，不管怎么说，妈妈应该是他真正的妈妈。不然，她为什么要给他起埃尔维斯的名字，希望他能像埃尔维斯·普雷斯利那样？

这么说来，他应该也是她真正的孩子。而且，埃尔维斯·卡尔松完全可以成为真正的埃尔维斯，而不是埃尔维斯·普雷斯利的替代品！

“你好，妈妈”四个字是那么显眼。埃尔维斯将纸条放进小船，在上面压了一块石头以防被吹走。

他划亮火柴，点燃了蜡烛，然后移开小船旁边的石头，又轻轻推了它一下，让它荡到水中央去。月光下的水面波光粼粼，小船微微晃了晃，然后静静地顺着溪水越漂越远。

要过多久，小船才会漂到外公家附近的那片小树林呢？

妈妈就住在外公家。小船漂到了小树林，也就漂到了妈妈身边。

四周静悄悄的，连一丝风声都没有。小船上的烛光一闪一闪地摇曳着，和月亮一起投影在水面上，映出层层的涟漪。

埃尔维斯站在溪边，目送着小船消失在一片遥远而静谧的黑暗之中。

“你好，妈妈！”他冲小船远去的方向喊道。

13 妈妈来了

“什么？”

“什么什么？”

“你说什么？”埃尔维斯问。

他不知道妈妈在说些什么，只知道妈妈一个劲儿地说个不停。

他们坐在爷爷家的紫丁香凉棚下。今天是星期天。埃尔维斯生平第一次去了教堂，参加了礼拜。他是跟奶奶一起去的。爷爷没去，奶奶说，爷爷不是那种去教堂的人。其实埃尔维斯也不是。不过他想，如果他为上帝做点儿事，上帝没准儿也会为他做点事。

上帝果然为他做了件事。

埃尔维斯和奶奶从教堂回来的时候，妈妈坐着汽车刚刚赶到。埃尔维斯老远就看见妈妈了，她正在花园里摘樱桃，完全没看见埃尔维斯。

说来也怪，见到妈妈的时候，埃尔维斯并没有想象中那么高兴，而是感到内心一阵隐隐作痛。奶奶察觉到了埃尔维斯的异样，紧紧握住了他的手。

他们在路中间停下脚步。

“你去找妈妈吧，埃尔维斯。我可以从后门进去。”奶奶说。可埃尔维斯不愿意，怎么都不肯松开奶奶的手。

然后，他又改了主意，想要跑到妈妈身边。再然后，他又退缩了。唉，他也不知道自己究竟想怎么样。他恨不得从这里逃开，找个地方躲起来。

“我猜你有好多悄悄话要和妈妈说，我先走啦。”奶奶又说了一遍。

埃尔维斯这才松开奶奶的手。奶奶轻轻拍了拍他的肩膀，然后走开了。

埃尔维斯就这样，一个人站在路上。妈妈在花园里走来走去。她忙着摘樱桃，丝毫没有察觉埃尔维斯的出现。她身穿一条灯笼袖的蓝色连衣裙，就是埃尔维斯觉得特别好看的那条。

埃尔维斯走近了些，看着阳光下的妈妈。妈妈伸手摘樱桃的时候，宽宽的灯笼袖便款款摇摆着。

妈妈穿这条裙子真好看。而且她今天还有种沉稳而安静的美感，再也不像刚从加那利群岛回来时那样疯疯癫癫了。

埃尔维斯已经一连好多天没见到妈妈了。现在他远远地望着花园里的妈妈，感觉像是和妈妈分开了好多年一样。这感觉太怪了。

过了好久，妈妈才终于转过身，看见了站在路中间的埃尔维斯。

“埃尔维斯！”她一边喊一边冲他跑了过来。

埃尔维斯也想冲妈妈跑过去，可他怎么都迈不开步子。

只一眨眼的工夫，妈妈就来到了埃尔维斯面前。

“埃尔维斯。”她一把将他搂进怀里。

埃尔维斯也想抱一抱妈妈，可他怎么都张不开胳膊。

他看见妈妈的眼睛里盈满了泪水。他也想哭，可一滴眼泪都挤不出来，只好愣愣地站在原地。

妈妈拉着他来到花园里，坐在紫丁香凉棚下的小圆桌边。这里是说悄悄话的好地方。不过大多数时候都是妈妈一个人在说。埃尔维斯只是坐在那儿听。妈妈直视着他的眼睛，一边说一边揉揉他的头发，又拍拍他的脸蛋。

妈妈想要听到埃尔维斯的回答，可埃尔维斯实在不知道该说些什么。妈妈的问题连珠炮似的抛了过来，让他无从招架。

“什么？”

“什么什么？”

“你说什么？”埃尔维斯只能来来回回重复这几句。

埃尔维斯并没有开小差。他认认真真聆听了妈妈说的每一个字，可怎么都进不了脑子。这段时间以来他想说的话，他产生过的念头，全都结结实实地堵在胸口，形成一面墙，将妈妈的话拦在外面。妈妈说得越多，埃尔维斯心中的墙就越厚。

埃尔维斯突然明白了，这面墙永远不会崩塌。他永远都无法表达自己内心的想法，因为他的语言太过贫乏，总也找不出合适的词汇。他一个人的时候能想得明明白白，可妈妈一来，所有的话语就像消失了一样。埃尔维斯真希望妈妈能帮一帮自己，把她的词汇分给自己一些。可妈妈把能说的话全都说完了，根本没想过埃尔维斯也有想法需要表达。

不过话说回来，他和妈妈要用的词大概不是同一类……

“怎么了，埃尔维斯？你叹什么气？”妈妈问。

可埃尔维斯根本没意识到自己在叹气。

“埃尔维斯，你总可以说句话吧！你什么都不肯说，也不听电话，你知道妈妈有多难过吗？这不是闹着玩的。我本来是不想说的，埃尔维斯，不过你也替妈妈想想，我从城里回到外公外婆家，发现你就这么消失了，我是什么心情？而且你一句话都不说，就一个人偷偷溜掉了，外公会怎么想？外婆会怎么想？这些你都想过吗？他们对你那么好。外公还特意抽出宝贵的时间，陪你出门散步！还给你买冰激凌吃！外公一向是反对小孩子吃冰激凌的，因为你还破了例，你这么做，知道会多伤他的心吗？”

埃尔维斯盯着妈妈。她居然在说出门散步吃冰激凌的事？她觉得很重要吗？埃尔维斯宁愿聊点儿其他的。

那只点着蜡烛的树皮小船呢？它顺着溪水流到小树林了吗？妈妈收到纸条了吗？她看见小船的时候，蜡烛是不是还亮着？或者，她根本就没看见小船？

唉，妈妈应该是没看见吧。她压根儿没提小船的事。埃尔维斯沮丧极了。他还以为妈妈一看见小船就会想：这肯定是埃尔维斯送来的！然后她跑到小溪边拿起小船，发现了里面的纸条，高兴得不得了，于是以最快的速度赶到埃尔维斯身边！

他是三天前把小船送出去的……

他真不该请上帝帮忙的。现在他知道了，妈妈之所以过来找他，完全是上帝要求的，和他写的纸条一点儿关系都没有，而且，也不是妈妈自己愿意的……

爷爷说得没错，每个人都应该自己解决问题，而不是寄希望于上帝。否则就会变成现在这样。最终他指望不了任何人，除了上帝。这种感觉太糟糕了。

妈妈说她一直都很想念埃尔维斯，这话一点儿意义都没有。在加那利群岛度假的时候，她在明信片上也这么写。可结果呢？她一回到家，一见到埃尔维斯，就立刻想要回到加那利群岛去。现在，妈妈的老毛病又犯了。她要是真的想念埃尔维斯的话，怎么会反反复复地说散步吃冰激凌的事？她还总提到外公外婆，说他们怎么想，他们有多么伤心之类的。那埃尔维斯的想法呢？她关心过吗？

“埃尔维斯！你在听我说话吗？你脑子里到底在琢磨什么？”

妈妈瞪大眼睛看着他。埃尔维斯垂下脑袋。

“谁都靠不住。”他咕哝了一句。

“你说谁靠不住？”妈妈问。

“谁都靠不住！”埃尔维斯说，“只有上帝靠得住。至少我说什么，他就会做什么。”

“这孩子……”

现在轮到妈妈叹气了。她一时有些语塞，不知道该怎么回答。她想了想，然后说自己明白了，肯定是奶奶给他灌输了这种乱七八糟的想法。

他们相对默默无言，谁都没开口。

埃尔维斯不喜欢妈妈这么说奶奶，可他没有反驳。他抬起头，怯生生地看了妈妈一眼。他突然意识到，自己日思夜想的，原来就是妈妈，一直都是妈妈。还有爸爸。他想念妈妈和爸爸，想念他们两个！无论想到其中哪一个，他都会立刻想到另一个。虽然爸爸妈妈做过那么多蠢事，说过那么多蠢话，他还是想念他们！

他要怎么做才能挽回他们呢？他要怎么做，他们三个才能再一次团聚在一起，住回原来的家？他该怎么办？

妈妈看着埃尔维斯，埃尔维斯避开了妈妈的目光。妈妈想，这孩子可真难对付！她嘴皮子都磨破了，跟他怎么讲都不听！说到底，他还是个孩子，凡事不能由着孩子做主。爷爷就是太惯着他了。埃尔维斯还是和外公外婆住在一起比较好，说话做事也都有点儿规矩。妈妈恨不得立刻拎起埃尔维斯，把他带回外公那里。可埃尔维斯一定会和她对着干，每次都是这样！

妈妈又叹了口气，不知道下一步该怎么办，只能茫然无措地环视着四周。这时，她的目光突然被一个东西吸引住了！

“那是什么？”她弯下腰，从灌木丛后面捡起一只空酒瓶。里面还有几滴爷爷喝剩的“迷魂汤”！

她拿着酒瓶在埃尔维斯眼前晃了晃。

“爷爷是不是经常坐在这儿喝酒？”她问，“说啊，埃尔维斯。他是不是总当着你的面喝？”

换作平时，妈妈只要提到爷爷喝酒的事，埃尔维斯都会掉头就走，避而不答。他知道妈妈的潜台词——爷爷不是一个好榜样，爷爷会对他造成不好的影响，他不应该总和爷爷混在一起。可今天，埃尔维斯坐着一动不动，就像被钉在椅子上似的。他不敢轻举妄动，再说他也没有力气反驳——妈妈咄咄逼人的追问让他筋疲力尽。

妈妈将空酒瓶扔回灌木丛。

她穿着漂亮的蓝色连衣裙，严厉地看着埃尔维斯，等待一个回答。

“怎么说，埃尔维斯？爷爷是不是经常坐在这儿，当着你的面喝酒？”

埃尔维斯两只手紧紧抓住自己坐的椅子，一声不吭——他知道妈妈想要听什么答案。然后，意想不到的一幕出现了。

埃尔维斯哭了起来。泪水汹涌地夺眶而出，怎么止都止不住。埃尔维斯内心完全陷入了崩溃。

妈妈慌了神。埃尔维斯从来不哭的！究竟发生了什么？她必须得问清楚！

“我的孩子……妈妈的小埃尔维斯……”

妈妈将埃尔维斯搂进怀里，轻轻拍着他的后背。

“我的好孩子……小可怜……妈妈都不知道你这么伤心……怎么了？……出什么事了？……他们是不是对你很凶？

要是知道你过得这么不好，妈妈早就……”

埃尔维斯将头埋进妈妈怀里，抽抽搭搭地哭个不停，整个身体都跟着颤抖起来。他已经完全失去了控制，只听见妈妈在他耳边问了一大堆的问题。一开始，埃尔维斯没有回答，只顾着抽泣。妈妈继续追问下去，因为得不到答案而变得越来越不耐烦，越来越生气。可埃尔维斯不知道该如何回答。

最后，他还是开了口。他听见自己的声音，他听见自己在说话，可又不知道说了些什么。他脑子里始终在琢磨别的事。他紧紧贴在妈妈的胸前，央求她和爸爸和好，他想要三个人重新住回原来的房子，他想要开学后继续上二年级。

可妈妈只是一个劲儿地往下问，他只好稀里糊涂地往下答。

埃尔维斯突然间有一种不祥的预感：一件可怕的事情即将发生，一件他无法理解，看似荒唐的事情。

他还有种感觉：他不想再见到爷爷了，也不想再见到奶奶了。一想到和他们见面，他就打从心里觉得恐惧。

他将头紧紧埋在妈妈怀里。妈妈一定要带他走！妈妈绝不能把他一个人留在这里！

好，好。妈妈连声答应埃尔维斯。她说现在自己都明白了。

“可怜的小埃尔维斯……”

不，他不要见爷爷奶奶，不要和他们道别。没问题，妈妈都会照做的。妈妈这就带他走，只要他情绪稍稍稳定一些，他们就动身。

可埃尔维斯只是不停地哭，妈妈刚帮他擦干眼泪，新的眼泪就又涌了出来。妈妈只好擦了又擦，柔声细语地安慰他。

“他们究竟把你怎么了，小可怜？我都不知道情况这么糟……我的小埃尔维斯，要是妈妈知道的话……”

妈妈从没对他这么好过。虽然埃尔维斯一个劲儿地哭，可妈妈一点儿都不觉得烦，而是既耐心又温柔。埃尔维斯根本不在乎妈妈说了什么，他只在乎妈妈的关心，妈妈的安慰。

可他也知道，那件可怕的事情的的确确发生了。他陷入了前所未有的困惑和恐慌之中。

他永远都不能再见到爷爷了。

不见就不见。他可以先去汽车站等着，妈妈随后就到。妈妈要和爷爷奶奶说一声，这就带埃尔维斯回去。埃尔维斯来的时候，什么都没带，所以也不需要收拾行李。马上就好！妈妈很快就来！

他不需要和爷爷奶奶打招呼。埃尔维斯不用担心。妈妈会处理好的，他只需要去汽车站等着就行……

“我的小埃尔维斯……还好妈妈来了！”

14 小床不见了

“你不知道，埃尔维斯当时眼泪汪汪地求我，要多可怜有多可怜！”妈妈对外婆小声说道。她们默默交换了一个眼神，表情格外严肃。

外公在屋子里来回踱着步，也是一脸严肃的模样。他们对埃尔维斯格外宽容，既没有强调讲究卫生的事，也没有提地毯的流苏。他们只是拍了拍他的头，神色凝重。埃尔维斯知道，他们对自己充满了同情。

他最不希望看到的事情还是发生了，他又回到了外公外婆家。

可他别无选择。自从紫丁香凉棚下的那出闹剧之后，他就再也不能见到爷爷了。埃尔维斯努力让自己不去想爷爷和奶奶。

白天的时候，他总是忙得团团转。他把外公外婆家花园里的杂草都清理了一遍，然后按照每平方米的酬劳计算出自己应得的总数。拿到钱后，他又反反复复地盘算自己该买些什么好。

只要不想爷爷，让他琢磨什么都行。

不过偶尔有几次，夜深人静的时候，他一个人躺在床上，对爷爷的思念仿佛一列黑色的火车，轰隆隆穿过他的身体。他的内心发出撕心裂肺地呼喊："爷爷！爷爷！"

埃尔维斯完全丧失了思考的能力。他脑海中冒出的每一个念头都会在瞬间变成碎片，再也无法拼凑回去。他只觉得乱糟糟的，无数的问题在困扰着他，可他却找不到答案。

他为什么这么伤心？那天在紫丁香凉棚下，究竟发生了什么？他做了什么，又说了什么？他为什么突然不想见爷爷奶奶了？

现在，只要电话铃一响，埃尔维斯就会立刻躲起来，他生怕是爷爷奶奶打来的。

"就说我不在家！"他说。

妈妈当然欣然应允。

外公和外婆都觉得，埃尔维斯现在变得既乖巧又懂事，就好像换了个人似的。爷爷奶奶家肯定出了什么事，让埃尔维斯终于睁大眼睛，彻底清醒过来，决定不再浑浑噩噩地混日子了。

外公外婆对他的态度好多了，甚至有些宠溺他，尽一切努力满足埃尔维斯的要求。他们觉得，埃尔维斯的离家出走不过是一时冲动，他也许很快就后悔了，可又不敢回来。所以他们要表现出足够的谅解和包容。毕竟埃尔维斯乖乖跟着妈妈回了家，而且主动提出不要再见到爷爷奶奶。外公外婆当然希望，埃尔维斯更喜欢他们多一些。埃尔维斯心里很清楚，但假装不知道。

被宠溺的感觉太好了。特别是对于孩子来说，当被别人关心和呵护的时候，是很容易忘记不愉快的。所以在外公外婆面前，埃尔维斯都尽量做一个乖孩子。但他总觉得心虚，因为这一切都是假象。他根本不喜欢他们！他们总在暗暗和爷爷奶奶较劲，用各种办法讨埃尔维斯的欢心。这点让埃尔维斯更加反感。

不过，如果以后再也不能见到爷爷奶奶的话，埃尔维斯还是喜欢外公外婆的。这一点毋庸置疑。

又过了好几天。

一天早晨，妈妈突然告诉埃尔维斯，爸爸要来接他们了。

他们要回家了！

妈妈拉着他的手，在房间里跳着舞。她和爸爸不离婚了！正如埃尔维斯所盼望的那样，一切又会回归正轨。

埃尔维斯也将顺利升入二年级。他不需要转学了。按说他应该感到高兴才对，他也的确很高兴，只是想到紫丁香凉棚下发生的事情，他心里还是有点别扭……

没有了爷爷，生活还怎么能像从前一样？

不过回家终归是让人期待的。一打开家门，埃尔维斯就闻到了家的气味。他已经离开太久太久，几乎忘记了在家的感觉。那些熟悉的声音又回来了，就连在家说话都和在别处不同，埃尔维斯甚至能听见自己的回声。

爸爸情绪很好，他吹着口哨，唱着歌，还不时开两句玩笑。他要请埃尔维斯和妈妈吃大餐，所以一直在厨房里准备食物。爸爸还特意买了红酒、冰激凌和汽水。

妈妈的心情也很好。她换上了一条新裙子，整个人看起来容光焕发。爸爸和妈妈就好像回到了初次相遇的时候，他们的笑声和说话声都变了，仿佛两个前来做客的陌生人一样。而事实上，他们在这里已经度过了许许多多个夜晚。

对于埃尔维斯来说，迎接他的是一个巨大的改变。

他不能再和爸爸妈妈睡在同一间卧室里了。

他们说，埃尔维斯已经长大了。

他的床也没了。爸爸妈妈在厨房里摆了张新买的沙发，那就是埃尔维斯的床。

这感觉太怪了。埃尔维斯一直盼望着能躺在自己的小床上，听着爸爸妈妈的呼吸入睡。怎么一转眼他就长大了，大到不能和他们睡在一个房间里了？

“小床已经不够你睡了，埃尔维斯。”爸爸解释道，“反正你得睡张大一点儿的床，倒不如现在这样好。”

“对啊，我们本来就打算在厨房里添张沙发，你睡在上面不是正合适吗？你说呢，小家伙？”妈妈问。

他们两个用期待的眼神齐刷刷地看着埃尔维斯，似乎觉得他应该感到高兴才是。可埃尔维斯怎么都高兴不起来。他的嗓子眼儿像是被堵住了一样，失望得说不出话来。所以不管怎么样，他们都是要买沙发的对吗？也就是说，沙发不是给他买的，而是给厨房配的！

不，他要自己的那张小床！那是属于他的床！那张床一点儿也不小！

“那张床真的太小了！”妈妈又强调了一遍，“春天的时候你就睡不下了。再说家里也没地方放，我已经把它送人了。现在给古恩阿姨的儿子睡了。”

什么？他们连问都不问一声，就把他的小床送人了？他们怎么能做出这种事？

“别叽叽歪歪的，埃尔维斯。”妈妈有点不耐烦了，“沙发睡着舒服多了。你睡睡就习惯了。”

不，他不会习惯的——反正他不想睡厨房！他们应该把沙发搬到卧室里去，就放在小床原来的位置。

爸爸说不行，因为那面墙太短了。

“再说了，卧室里摆那么大一张沙发也不好看啊！”妈妈说，“沙发是按照厨房的尺寸买的！”哦，这下他懂了。这话说得再明白不过了。沙发是为厨房买的——不是为他！就这样，他们还指望他能高兴？

“得了得了，埃尔维斯！”妈妈将头扭向一边，“这么安排对大家都好。”

大家？大家指的是谁？

这么安排，纯粹是为了他们自己好。他们甚至没问过埃尔维斯的意见，就把他的床送人了！

埃尔维斯知道，现在说什么都没用，做什么也都没有意义。他只觉得失望，莫大的失望。一切都回不去了！

15 安娜罗萨差点儿死掉

暑假的时候，安娜罗萨被一条极北蝰咬了！

安娜罗萨有了一块蛇咬的伤疤。

埃尔维斯站在操场上，踢着脚边的小石子。他不敢打扰安娜罗萨，因为她正和黑尔佳一起骄傲地走来走去，向大家展示自己的伤疤。安娜罗萨是全校唯一一个被蛇咬过的人，大家都有点儿嫉妒——尤其是黑尔佳。事情发生的时候，她就站在安娜罗萨旁边，可惜她自己没被咬到。

很明显，黑尔佳为此十分郁闷。事情发生在她住的乡下，她拼命向别人强调，自己当时也差一点儿就被咬到了。可是没用，她腿上又没有伤疤，大家都懒得理她。

安娜罗萨的情况就不一样了。她把整个经过重复了一遍又一遍，而且一遍比一遍长。她能记起来的细节越来越多，比如毒蛇是如何用凶巴巴的眼睛瞪着她，如何咝咝地叫，吐着长长的信子，又是如何愤怒地摇着尾巴。黑尔佳越听越生气，最后干脆掉头走了。

埃尔维斯赶紧走了过去。虽然他已经听过了整个故事，可他还想知道更多的内容，也想近距离仔仔细细看一看安娜罗萨腿上被蛇咬过的伤疤。

安娜罗萨单脚站立，一边努力保持平衡，一边把长筒袜往脚上套。她说在学校就算了，等放学回家路上，就剩他们两个人的时候，她再把伤疤给埃尔维斯看。说完，她利落地将脚伸进鞋子里。

“为了给你们看伤疤，我得一只脚站着，活像只老母鸡！”安娜罗萨噘起嘴巴。

埃尔维斯很能体谅安娜罗萨的困扰，他表示愿意等到放学之后再说。其实他还挺高兴安娜罗萨这么建议的，这代表安娜罗萨今天选择的玩伴是他，而不是黑尔佳。

不过放学后，他们根本没机会单独相处。学校里有好多孩子都想要看安娜罗萨被蛇咬过的伤疤。最后，他们只能设法偷偷溜走。好在安娜罗萨对此很拿手。她说自己是从妈妈那里学来的，作为女孩子，必须学会开溜的本事。

“是吗？”埃尔维斯好奇道，“为什么？”

“不然怎么甩掉那些死缠烂打的追求者呢？”安娜罗萨说。

“嗯，也对。”埃尔维斯说道。他完全没想过这一点，况且他也不明白安娜罗萨这话到底是什么意思。

“因为你不是女孩嘛！”安娜罗萨说。

这话不假。就是因为埃尔维斯不是女孩，所以安娜罗萨不能成天和他在一起，而要选择黑尔佳做好朋友。毕竟“女生就要和女生玩，男生就要和男生玩”！安娜罗萨明确表达过这个意思。就是这样的！

不过，安娜罗萨还是尽可能多地和埃尔维斯在一起玩，因为埃尔维斯更友善。如果黑尔佳不是女孩的话，安娜罗萨是不会和她做朋友的。如果埃尔维斯是女孩的话，安娜罗萨就会和他成为最要好最要好的朋友，成天形影不离。

埃尔维斯琢磨来琢磨去，最后得出的结论是，他还是宁愿当个男孩。他也是这么告诉安娜罗萨的。安娜罗萨说，其实她也这么觉得，她也宁可埃尔维斯是个男孩。

安娜罗萨开溜的本事太厉害了！他自己一个人的时候，从没这么顺利过。他们先是趁大家不注意，从一扇边门钻了出去，接着穿过后院，爬过高高的木板门，然后又穿过一个后院，从另一扇门溜了出去。

现在，他们正坐在河边长满青草的斜坡上，安娜罗萨把自己被蛇咬的故事完完整整地叙述了一遍。

当时她和黑尔佳住在乡下，两个人准备去湖里游泳，于是赤着脚顺着小路往湖边走。黑尔佳走在前面，安娜罗萨跟在后面。小路上铺满了松针、树枝和松果，所以走起路来必须格外小心。

突然，安娜罗萨感到脚底下凉丝丝的！有个滑溜溜的东西正在扭来扭去！她听见一阵咝咝声，本能地低下头看向脚底。

她看到了一条极北蝰！安娜罗萨赤着脚，正踩在了它的背上。蛇倒没有受伤，只是不停地扭来扭去。就在她刚要抬起脚的一瞬间，那条极北蝰猛地竖起脖颈，吐着信子，发出凶狠的咝咝声。安娜罗萨完全吓傻了！极北蝰一口咬了上去，正咬在她的小腿上。一阵钻心的疼痛向她袭来，安娜罗萨尖声叫了起来。

还好当时附近有不少人，大家纷纷围拢过来。一个男孩朝极北蝰扔了块石头，不偏不倚砸中了它的脑袋，把它打死了。

安娜罗萨看着埃尔维斯。

“不过你知道吗？”

“什么？”

“它死了还在动！”

“不会吧？”

“是真的。它扭来扭去的，还抽了好几下呢。据说，蛇就算是死了，只要有太阳照着就能动。千真万确！”

“你亲眼看到的吗？”

安娜罗萨记不清楚了，可她对此深信不疑。黑尔佳以及在场的其他人事后都这么说。不过她当时顾不了这么多。

“我都快死了！”她用责备的口吻冲埃尔维斯说。

“也对……”

好在一个男孩救了她。他用嘴将毒液从她伤口里吸了出来，这简直太勇敢了。如果他嘴里有伤口，或是牙齿上有个洞，那他可能就死了。不过那个男孩没考虑这么多，他想的只是赶紧救安娜罗萨的命。他真是个英雄！

“所以我碰到了一个英雄！”安娜罗萨骄傲地看着埃尔维斯，埃尔维斯内心不由一阵失落。

可惜的是，安娜罗萨记不起更多关于那个英雄的事。她很快被送往医院，然后在那里躺了好几天，接受打针吃药等各种治疗。

“我差一点儿就死了！我现在很可能就是个死人！”安娜罗萨又看了埃尔维斯一眼。她的眼睛又黑又大。

“我可能已经死了，被埋在地里了！”为了让埃尔维斯了解事情的严重性，她又强调了一遍，“大家都这么说！你想想！”

埃尔维斯怯怯地看着她。安娜罗萨死了——他实在想象不出。她活生生地在自己眼前，正低头脱下长筒袜，向他展示被蛇咬的伤疤！

“你瞧！还能看见毒牙的牙印呢！就在这儿！你看见了吗？这儿！”

埃尔维斯看见了。他看得清清楚楚。他一想到安娜罗萨讲述的事情经过，就觉得不寒而栗。安娜罗萨继续说道：“真可怕，要是那个男孩没有出现，蛇毒就会流进我的心脏，然后心脏就不跳了，那世界上就没有我了！”

不过埃尔维斯很难想象，世界上没有了安娜罗萨会变成什么样子。

“不管怎么说，你还活着嘛。”他故作轻松地说。

“是啊，我还活着，都是因为那个男孩救了我的命！”安娜罗萨说。

埃尔维斯心中一阵刺痛。

当时他要是在就好了！他也会不顾一切帮安娜罗萨把毒液吸出来的！为了救安娜罗萨的命，他什么都愿意做！

“他真是个英雄，他冒着生命危险救了我。”安娜罗萨用梦呓般的口吻说道，“不是所有人都能做到的……”

这话说得，就好像埃尔维斯做不到一样……他也会冒生命危险救她的！她不知道吗？埃尔维斯恨不得现在就告诉安娜罗萨，可要是真说了，听起来一定很蠢。埃尔维斯沉默了。

“我一定得找到他。”安娜罗萨说。

“估计不行！”埃尔维斯想都没想，脱口而出。安娜罗萨诧异地看着他。

“为什么不行？”

“呃，因为……因为他没准儿牙齿上真有个洞。”

“你什么意思？”

她一定要问吗？她就不能自己想想吗？

不，安娜罗萨一脸茫然。

“他……他可能中了蛇毒死了。”埃尔维斯的声音越来越低。

不！不可能！他绝对没有死！他是不会死的！安娜罗萨情绪激动起来。

“你怎么知道？”

“大家帮他检查过了，保证他嘴里没有伤口。不然他也不会帮我把毒液吸出来的。这下你明白了吧？”

当然。埃尔维斯全明白了。

“这么说来，他并没有冒生命危险去救你？”埃尔维斯舒了口气。

安娜罗萨真的生气了。

“他当然冒了生命危险救我！我说了，他是个英雄！”

埃尔维斯可不觉得。他对这个英雄开始觉得烦了。

“反正不是什么大不了的事！”他说。

安娜罗萨气鼓鼓地瞪着他。

“要是你再这么胡说八道，我以后每天只和黑尔佳玩！”她赌气地卷起长筒袜，盖住了伤疤，“每一天！听到了吗？”

好，好，他听到了！他不会再胡说八道了。不过埃尔维斯总有点不甘心。

“要真是那样的话，那我就去找托尔斯滕玩！”他说。

“你说什么？那是谁？”安娜罗萨问。

听得出来，她不喜欢埃尔维斯的回答。

“我暑假认识的一个男孩。”埃尔维斯淡定地说。

“你没提过啊？”

没有，他一次都没提过。他有必要向她交代吗？

安娜罗萨思考了一会儿。这无疑是一个爆炸性的新闻。她之前完全不知道。安娜罗萨没有回答埃尔维斯的问题，而是自言自语似的说道：“托尔斯滕是你最要好的朋友吗？就像黑尔佳……”

“我不知道，”埃尔维斯说，“不算吧，最要好的朋友应该算是芒努斯·林德。”

安娜罗萨睁大了眼睛盯着他。她不信埃尔维斯说的话。她总觉得他只有自己这一个朋友。

“芒努斯·林德？那又是谁？”

“一个男孩……”

“这我当然知道！”

安娜罗萨的眼睛里写满了疑问。埃尔维斯到底有多少个朋友是她不知道的？

埃尔维斯用手抱住脖子，将头向后仰。他的目光始终追着天空中飞过的鸟儿。

“我给芒努斯·林德写了封信。”他说。

“所以你们算是笔友吗？”

这……大概可以这么说吧。埃尔维斯继续看着鸟儿。安娜罗萨重新穿好鞋子，站起身来。

“来！”她匆忙地说，“我知道一个地方，太阳一照上去，玻璃就会变成蓝色的！我们去看看到底是怎么回事！不过玻璃很高，我们得先找个能爬上去的东西……”

16 紫丁香凉棚下发生的事

“他刚才还在这儿的！你差一点儿就和他撞上了！”妈妈说。

埃尔维斯僵在原地。胸口一阵刺痛，心跳几乎要停止。

爷爷进城找埃尔维斯来了！

埃尔维斯放学一回家，妈妈就告诉他爷爷来过了。爷爷说自己先要去办两件事，过半个小时再来，他很希望能见埃尔维斯一面。

埃尔维斯知道，爷爷说的办两件事其实和他有关。爷爷无非想在街上碰碰运气，看看能不能“偶遇”埃尔维斯。不行的话再回来等他。

埃尔维斯一声不吭，只是看着妈妈。

不，他不能见爷爷！他到现在也没搞清楚，那天在紫丁香凉棚下究竟发生了什么。他该怎么办？他能躲到哪儿去？

“你可以先出去转转，等爷爷走了再回来。”妈妈说。“他会坐最晚一班汽车回乡下，大概五点发车。现在还有两个小时的时间。我不会说你回来过的，爷爷不会知道的。走吧，出去玩吧，这里就交给妈妈好了！”

埃尔维斯的耳朵阵阵发烫，尽管觉得很难为情，他还是乖乖照做了。埃尔维斯一扭头跑了出去，妈妈站在窗口目送他离开，然后鼓励地点了点头。埃尔维斯知道妈妈的心思。

对于埃尔维斯不再和爷爷见面这件事，妈妈举双手双脚赞成。在她看来，自从不和爷爷瞎混日子后，埃尔维斯变得懂事多了。这话是妈妈亲口对爸爸说的。

妈妈还站在窗口，一脸欣慰地冲他点头。埃尔维斯实在不忍心看下去，赶紧跑开了。

他回忆起从前，每次一听说爷爷进城来，他就会在大街上一圈又一圈地找，满心盼望着能够“偶遇”爷爷。现在爷爷肯定也是一样。他做梦都没想到事情会变成这样——他竟然需要想方设法地躲开爷爷，避免和爷爷见面。

这太尴尬了。

不能再这么下去了，埃尔维斯觉得自己的承受能力已经接近极限。万一他走着走着，迎面撞上了爷爷！万一爷爷突然出现在自己面前，事情该如何收场？

爷爷不可能知道紫丁香凉棚下发生过什么。他又不在场。

当时只有埃尔维斯和妈妈两个人，妈妈一定知道得一清二楚，可埃尔维斯又不敢去问妈妈……

埃尔维斯去了城市的另一头，远远地避开爷爷可能出现的街区，以及爷爷等车的汽车站。他在大街小巷里漫无目的地晃悠着，心里乱极了。

埃尔维斯想起很久之前，安娜罗萨认识黑尔佳时，他很难过，于是问爷爷，为什么两个人不能付出一样多的感情，而总是一个人更喜欢另一个人。然后他觉得，他和爷爷喜欢对方的程度应该是一样多的，不过爷爷坚持说，自己喜欢埃尔维斯更多一点儿。

以前，每次想到这一幕的时候，埃尔维斯都觉得心里暖暖的。可现在，他只觉得一阵心痛。他还是和从前一样喜欢爷爷，他也知道，爷爷和从前一样喜欢他。

究竟发生了什么？他为什么不敢见爷爷了？这简直就是荒唐嘛！埃尔维斯知道不对劲，可又不敢去深究。

快到五点了。爷爷肯定已经在汽车站等车了。埃尔维斯这才慢吞吞地往家走。他拖着沉重的脚步，机械地往前挪，整个人蔫蔫的，对周围的一切都失去了兴趣。只要在外面，埃尔维斯从来都是忙忙碌碌的，像这样无所事事地耗掉整整两个小时，在他的人生中还是第一次。

埃尔维斯回家后，一句话都没问。妈妈倒是兴致勃勃地说了好多。她说情况正如他们所预料的那样，爷爷没过多久就回来了，然后坐在家里等着，直到时间差不多了才出发去车站。因为总也没看到埃尔维斯出现，爷爷提出过再去外面找找，不过妈妈给他倒了杯咖啡，成功地挽留住了他。妈妈和爷爷说，埃尔维斯很可能找朋友玩去了。

“怎么说呢，当时他的神色是有点儿怀疑……”妈妈说，“不过怀疑也没用。我们得让他知道，你现在交了新的朋友！”

埃尔维斯没吭声。妈妈一脸得意的样子，她帮着埃尔维斯骗过了爷爷，所以很有成就感。妈妈始终站在埃尔维斯这边，并且通过巧妙的配合，成功地让他从爷爷眼皮子底下溜走了。所以在妈妈看来，埃尔维斯应该高兴才对。埃尔维斯懒得和妈妈理论。他不知道自己该做什么，能做什么。他已经无法思考，大脑就像静止了一样。他只觉得内疚和羞愧。

到了晚上，妈妈让埃尔维斯上床睡觉，埃尔维斯乖乖照做了，他走进厨房，在沙发上躺了下来。妈妈以为他睡了，其实他根本睡不着，一动不动地聆听着屋子里的动静。

沙发上的钟嘀嗒嘀嗒地走着。水龙头滴滴答答地淌着水。塞桑蜷缩在角落里睡着。妈妈坐在门厅的电话机旁讲着电话。她刻意压低了嗓门。虽然埃尔维斯一向对妈妈打电话不感兴趣，但如果他愿意的话，还是能清清楚楚听见妈妈说的每一个字。从妈妈说话的语气判断，电话那头应该是希万阿姨。

突然，妈妈说的话一字一句钻进他的耳朵。埃尔维斯感到一阵难堪，本能地用被子蒙住脑袋，但他很快镇定下来，哗的一声掀开了被子，整个人干脆坐了起来。

妈妈正说到埃尔维斯为了躲着不见爷爷，在外面晃悠了大半天。

“你能想象吗，他绕了好远的路躲那个老头子！他们以前关系可好了！”

希万阿姨在电话那头不知道说了什么，惹得妈妈哈哈大笑。不过她很快严肃起来，埃尔维斯等的答案来了！

他终于知道紫丁香凉棚下究竟发生了什么！

他终于明白自己为何不敢直视爷爷的眼睛。

如果妈妈对希万阿姨说的都是真的，那么现在的结果也不意外。

“我总算从埃尔维斯嘴巴里撬出了真相。你都不知道多费劲，还好我没放弃。果然和我想的差不多。埃尔维斯说……”

现在，埃尔维斯终于听见自己都说了什么。

他说爷爷成天灌“迷魂汤”，几乎每天都醉醺醺的，两条腿颤抖个不停，连走路都困难。他说自己怕极了爷爷这副模样。

他还说，奶奶逼着他去教堂，每天临睡前都要做晚祷告，可他一点儿都不愿意。

他说，奶奶给自己发酸的牛奶和发霉的面包当早饭，还不许他用肥皂，所以他洗澡都洗不干净。奶奶很抠门，就连卫生纸都要省着用，当然这一点妈妈早就发现了。所以埃尔维斯上厕所的时候，屁股都擦不干净。妈妈叹了口气，对希万阿姨感慨说，真是个可怜的小家伙。

妈妈还告诉希万阿姨，埃尔维斯说自己再也不要去爷爷奶奶家，他只想和外公外婆待在一起，因为他们对自己要好得多。

“当时，我的小埃尔维斯眼泪汪汪地向我告状，”妈妈最后说道，“你都想不出来他哭成什么样！我一直都怀疑老头子家有问题，果然被我猜中了吧。亏得埃尔维斯那么袒护他爷爷。我跟你说，那老头子对控制小孩特别有一套，所以埃尔维斯都不敢说真话。要不是我那么坚持，到现在还被蒙在鼓里呢！”

真话？

可他说的没一句真话！这些都不是真的！

奶奶的确倒过一次微微发酸的牛奶，可她立刻察觉到不对，于是用牛奶做松饼去了。因为埃尔维斯喜欢吃松饼。面包也是一样，奶奶看见表面起了霉点，于是切掉了发霉的地方再端上桌的。

至于肥皂和卫生纸的事，他就更搞不明白了。奶奶叮嘱过他，不要把肥皂泡在洗澡水里。有一次，埃尔维斯不小心把一整卷卫生纸都掉进了脸盆，结果卫生纸彻底报废了。也就这些了。除此之外，奶奶一直都说，肥皂和卫生纸紧着他用。

妈妈说埃尔维斯眼泪汪汪地向她告状！他怎么可能和妈妈说这些事！

他只记得那天在紫丁香凉棚下，妈妈问了一大堆问题……

要是他能想起来自己是怎么答的就好了！可他脑海中一片空白，他只知道他想让爸爸妈妈回来，他想要回到自己的家，他想让一切都好起来。他一直在哭，真真切切地感觉到一件可怕的事正在发生。

之后，他突然决定不再见爷爷奶奶！他就像变了个人似的。现在他明白原因了……要是真像妈妈说的那样，他坐在那儿谎话连篇地说了那么多，他的确没脸再见爷爷奶奶。

他把爷爷奶奶说得一无是处，编造出各种莫须有的罪名。为什么？

他知道妈妈想听什么，也知道妈妈期待得到怎样的答案……

而妈妈以为，她成功地从他嘴里撬出了真话。

其实妈妈听到的全是谎话——没有一句真话！

啊，太可怕了！他该怎么办？

埃尔维斯像只蚯蚓一样在床上拱来拱去。他心里很痛，一刻都静不下来，恨不得尖叫出声……他攥紧拳头，用力捶打胸口，然后又拼命拍打枕头。他无法忍受脑海里冒出的古怪念头。

爷爷今天特意进城找他。爷爷在大街上兜兜转转了那么多圈，又在家里等了他好久。

可他躲开了。

现在，爷爷想必很难过吧。妈妈说，爷爷有点儿怀疑。就在爷爷满心满意地挂念埃尔维斯的同时，埃尔维斯却想方设法地努力忘掉爷爷。当然最后他还是失败了，可他毕竟动过这个念头。

不，他再也受不了了。他必须得做点儿什么！

妈妈总算给希万阿姨打完了电话。门厅里静悄悄的。客厅里传来电视沉闷而压抑的声响。外面漆黑一片。水龙头仍在滴滴答答滴着水。

滴答，滴答，滴答……

埃尔维斯面对的是一个漫漫长夜。他该如何熬过去呢？如此漫长而黑暗的夜晚，可他什么都做不了！

滴答，滴答。水龙头还在响着。

如果现在是早上该有多好！

滴答！滴答！——滴答！——滴答！——滴答！滴答！

不，他不能这么干躺下去。他必须行动起来！立刻！马上！现在！只要等爸爸妈妈回到卧室睡下，他就能立刻动身。他必须找到爷爷！哪怕走，也要走过去！

17 去找爷爷

滴答。滴答。滴答……

水龙头还在响。

嘀嗒。嘀嗒。嘀嗒……

墙上的钟还在走。

埃尔维斯还在等。他已经起来了好多次，贴在门上听屋里的动静。他听见妈妈和爸爸关了电视，然后走进了卧室。他听见他们聊了一会儿天，然后安静了下来。他只需要再等一会儿……

现在！现在他们已经很久没发出声音了。

埃尔维斯蹑手蹑脚地走过去，小心翼翼地打开厨房的门。

屋子里黑漆漆、静悄悄的。

埃尔维斯侧耳听了听，然后迅速穿戴整齐。他走进门厅，带上厨房的门，然后小心地打开大门，走了出去。

他听见大门在身后啪嗒一声合上。看来比想象中简单嘛！

他这就上路了！

外面黑乎乎的，还下着毛毛雨。埃尔维斯走上主街，他知道顺着哪个方向走能走到爷爷家。汽车就是顺着这条路开的。

他路过一家钟表铺，时针就快要指向十二点了。如果他走上整整一夜，说不定第二天一早就能见到爷爷。这样刚好。爷爷通常五点起床，所以早上五点左右到还是挺合适的。话说回来，去爷爷家用不了五个小时吧？他知道自己家和爷爷家的距离有二十八公里。不过知道了也没用。二十八公里的路要走多久，他完全没概念。

埃尔维斯就这么走啊走啊。小雨淅淅沥沥地下个不停。路面上的水渍映射出路灯的光亮。街上一个人也没有，可埃尔维斯丝毫不觉得害怕。他正在去爷爷家的路上。他的心情越来越平静。他知道爷爷会澄清发生在他们之间的误会。就算知道了埃尔维斯对妈妈说了些什么，爷爷也不会生气。他知道自己做了蠢事，但他也知道爷爷会帮助自己分析原因，搞清楚这一切的来龙去脉。

埃尔维斯已经出了城，踏上了乡间小路。乡下的路比城里的路要暗得多，路两旁也没有了亮着灯的橱窗。雨越下越密。要是穿着雨衣和雨靴就好了，不过埃尔维斯出门前根本没考虑这么多。

到了早上，太阳肯定就出来了，那个时候雨衣和雨靴就会显得笨重和多余。埃尔维斯这样想着，觉得安慰了不少。只要能找对路，其他的问题都不是问题。好在这条路埃尔维斯走过好多遍，要么是坐爸爸的车，要么是坐公共汽车。

埃尔维斯就这么走啊走啊。最后，他的两条腿几乎失去了知觉，他甚至感觉不到它们的存在。他并不觉得累，只是有些头晕。

路上一辆车也没有，可他还是尽量紧贴右侧的路沿。天空越来越暗，应该快要到早晨了吧。奶奶说，黎明之前总是最黑暗的时候。

他不禁憧憬起来：爷爷奶奶一大清早看见自己，会多么地惊讶！当听说他一个人走了整整一夜，他们肯定要晕过去了！奶奶会赶紧给他煮一杯热巧克力，做好香喷喷的三明治。想想就馋！

然后他们会问埃尔维斯发生了什么，他们会耐心地倾听，什么都不问，让他把心里话都说出来——不是他们想听的话，而是他想说的话。

等到一切误会都澄清后，爷爷会说：“好了，埃尔维斯。总而言之就是，这件事就算过去了，没什么大不了的。现在我们找点乐子去！”

然后他们就高高兴兴地出去玩了！如果到时候还下雨的话，爷爷应该会带着他去钓鱼，下雨天鱼儿最容易上钩了！

路是那么长，夜是那么黑，还好有太多事情值得他期待。他边走边想，脸上不由浮现出幸福的微笑。

哎呀！他的背后怎么突然明晃晃的！

来了一辆汽车！埃尔维斯完全沉浸在自己的思绪中，什么声音都没听见。

汽车和他是同一个方向的！

他说不定可以……？

对，他说不定可以搭便车！

汽车就在他身后，眼见着就要开过去了！

他得赶紧招手，让车停下来！

埃尔维斯一个箭步迈上行车道，转过身，朝着汽车拼命招手。紧接着是一阵刺耳的刹车声！

天瞬间暗了下来。周围的一切在他眼前消失了。埃尔维斯什么都不记得了。

除了黑，还是黑。埃尔维斯突然跌入了一团混沌之中，除了支离破碎的几个片段，其他只剩下浑浑噩噩。

醒来的时候，埃尔维斯完全不知道自己身在哪里。他不在自己家，也不在爷爷奶奶家。他正在一个白色的大房间里，房间里摆着两张床——他躺在其中一张上面，另一张是空着的。阳光从墙上的一扇大窗户透进来，照得整个房间亮堂堂的。

埃尔维斯的脑袋痛得厉害，他全身都疼，整个人动弹不得，不过最严重的还是头痛。

妈妈和爸爸站在床边，俯下身看着他，眼神里满是紧张和关切。妈妈哭成了个泪人儿。埃尔维斯正疑惑自己在哪儿，这时，一个穿白裙子的阿姨走了过来，自我介绍说她叫卡琳护士。护士？护士来看他做什么？埃尔维斯刚想要开口问，眼前一黑，又失去了知觉。

他醒醒睡睡了好几次，每次醒来时的情形都差不多，卡琳护士都会站在床边，有时和妈妈，有时和爸爸，有时和他们两个一起。一次，爷爷和奶奶也来了。埃尔维斯模模糊糊有个印象，他有一件重要的事忘了讲，可具体是什么事，他怎么都想不起来。每次他努力回想的时候，整个人就会坠入黑暗之中。

还有一次，他醒过来的时候，大家正在将他的床搬去另一个房间，新房间的墙上也有一扇又大又亮的窗户，房间里有好多张床，还有好多护士——英格丽德护士、马吉特护士、斯蒂娜护士……

除此之外，他大部分时间都在昏睡中度过。偶尔他会做梦，而且都是奇奇怪怪的梦。他经常梦见自己沿着乡间小路不停往前走，想要走到爷爷家。

在梦中，黑尔佳总会出现在他面前。黑尔佳说安娜罗萨死了，这都是他的错，因为他没有遵守自己的承诺，现在好了，他终于尝到了不遵守承诺的后果。

埃尔维斯不记得自己都承诺过些什么。他绞尽脑汁地想啊想啊，可脑海中一片空白。可他知道，黑尔佳说的都是真的。

突然，一道绿光划破了黑暗，它从背后直射而来，发出令人毛骨悚然的咝咝声。埃尔维斯转过头去，一条巨大的极北蝰正向他袭来，两只恶狠狠的眼睛泛出绿莹莹的光。

就在蛇即将咬上埃尔维斯小腿的一刹那，黑尔佳爆发出一阵狂笑，伸出胳膊，以闪电般的速度抓住了蛇。

“尿裤子大王埃尔维斯！”她一边嚷嚷，一边把蛇当跳绳甩了起来。她一只手掐住三角形的蛇头，另一只手抓住蛇尾。黑尔佳跳绳的时候，极北蝰始终龇着尖利的毒牙，冲埃尔维斯咝咝吐着信子，尾巴还在空中摇晃着。可黑尔佳越笑越放肆，跳得也越来越快。

埃尔维斯转过身，拔脚就跑。黑尔佳立刻追了上来。埃尔维斯没命地向前跑，他能感到那道可怕的绿光，也能听见黑尔佳的笑声和蛇的嗞嗞声。埃尔维斯越跑越快，可黑尔佳越追越近。

黑尔佳已经逼近他的身后，发出一声胜利的欢呼，然后将蛇甩了出去。极北蝰形成一只滑溜溜的圈套，牢牢缠住他的脚踝。埃尔维斯醒了。

这个梦，埃尔维斯做过好多遍。当然，他也会做其他的梦。但他的意识始终模模糊糊的，分不清自己是在梦境还是现实之中。

然后，他突然感到好多了，看见房间里其他的床上也都躺着小孩子。他们也都病着，有的病得比他还要重。

老师和同学送了鲜花和书本过来。妈妈每天都来看埃尔维斯，还有爸爸。埃尔维斯想要什么，他们就给他买什么。不过到最后，埃尔维斯都不知道自己想要什么了，只好胡编乱造地敷衍过去，爸爸妈妈还是一一给他买了回来，于是埃尔维斯的东西越来越多。

一天，埃尔维斯收到一张卡片。正面画着一艘帆船，桅杆上挂有画着骷髅头的旗子，背面写着一行大大的字："祝你早日康复。"落款是"你的朋友托尔斯滕"。

托尔斯滕——就是在乡下爷爷家遇到的那个男孩。他有那么多朋友，居然还能想得起埃尔维斯！卡片上写着："你的朋友！”埃尔维斯开心极了。等身体好了，他也要赶紧给托尔斯滕写张卡片。

还有一天，安娜罗萨来了，她带着一只小小的海绵蛋糕，那是她自己用烤箱烤的。安娜罗萨坐在床沿，和埃尔维斯你一口我一口地吃完了蛋糕。埃尔维斯已经好多了，可脑子还是浑浑噩噩的，他得很用力很用力才能记起一些事。

“现在你不用再嫉妒我了。”安娜罗萨说。

“嫉妒？”埃尔维斯一头雾水。

“对啊，我不是被蛇咬了嘛。现在你身上也有块疤了。”

“我有吗？”

“当然了，就在你胳膊上！你有一块好大的伤口，等伤口好了就会结一块好大的疤，这样大家就都知道你出车祸了。”

可埃尔维斯完全想不起车祸的事。他不知道自己该说什么，安娜罗萨还在说车祸的事，他不由有些心烦，失去记忆的感觉真糟糕。

“你被车撞了。你不记得了吗？”安娜罗萨问。

埃尔维斯答不上来，只能摇了摇头。安娜罗萨看得出来，他内心很失落。

“等你回学校的时候，大家都会想看你的伤疤的，就像看我被蛇咬的地方一样。”她安慰埃尔维斯。

埃尔维斯有些怀疑。带毒牙牙印的伤疤和普通伤疤肯定不是一回事。不过安娜罗萨说，埃尔维斯胳膊上的伤疤一点儿也不普通。

“你想想啊，你差一点儿就死了。”她说。

“真的？”埃尔维斯睁大了眼睛。

“当然是真的！你自己不知道吗？”

安娜罗萨的眼睛黑黑的、亮亮的。因为不想让房间里其他孩子听见，她凑到埃尔维斯的耳朵边，小声说道：“要是倒霉一点儿的话，你和我两个人现在都已经死了。”

埃尔维斯知道，安娜罗萨觉得他俩算是打了个平手。他的心里稍稍平衡了些。不过要说他和安娜罗萨现在都已经死了，这事实在难以想象。

“说真的，太婆婆成天吹嘘说她快要死了，结果呢，还不如我们离死更近呢。”安娜罗萨说，“在我们这个年龄，可没有多少孩子有我们这种经历！”

妈妈也以为埃尔维斯快死了。她每次来的时候都哭得稀里哗啦的。她说，自己这辈子从没这么害怕过。

至于爸爸心里怎么想，埃尔维斯并不知道。爸爸只是说，等埃尔维斯回家后，他们还有好多事要做。不过他绝口不提之前发生的事，或是可能出现的糟糕结果，他憧憬的都是未来。

埃尔维斯觉得这样也挺好。

爷爷一直都相信埃尔维斯会没事的。他觉得自己永远都不会失去埃尔维斯。

“我知道你没那么容易放弃，埃尔维斯，”爷爷说，“这一点，我对你绝对放心！”

爷爷怎么就这么笃定呢？埃尔维斯怎么都猜不透。

爷爷将埃尔维斯的两只手放在自己厚实的大手中间，然后久久地握着，说道：“总而言之就是，我又不傻！你大半夜的从家里跑出来，还冒着雨——哪怕走都要走到乡下，既然你下了这么大的决心，那你迟早都会这么做的。就算不是这一次，也一定有下一次。埃尔维斯，要说我们这辈子就再也不见面，不说话了，那绝对是不可想象的，我也从没担心过！”

爷爷顿了顿，沉思了片刻。埃尔维斯没说话，他感到爷爷手心传来的温度和力量，他觉得格外安心。之前他到底在害怕些什么？又因为什么而难过？

他脑海里那些奇奇怪怪的念头和模模糊糊的印象突然消失了。

一切变得再清楚不过。

“你想要和我说什么，埃尔维斯？”爷爷问。

埃尔维斯一下子从床上坐起来。他全都记起来了！紫丁香凉棚！还有妈妈打给希万阿姨的电话。那天下午，爷爷特意进城来看他，可他却躲出去了。现在他想起来了——后来他大半夜溜出家门，就为了找爷爷说说话。可他没能走到爷爷家。

他清清楚楚地想起来自己要和爷爷说什么了。这是一个很长很复杂的故事，埃尔维斯一时不知道该从何说起。他用求助的目光看着爷爷。爷爷也看着他，他能感到爷爷握他的手握得更用力了。

“我和妈妈说，你每天都灌‘迷魂汤’。”埃尔维斯突然听见自己平静的声音，“我还说……”

埃尔维斯看见爷爷的嘴角扬起了微笑，他像受到鼓励似的，将整个故事全部说了出来。虽然说得有些颠三倒四，但爷爷还是听明白了。他说，这一点儿也不奇怪。

“埃尔维斯，你觉得受到了欺骗，遭到了背叛，”爷爷解释道，“所以你也选择背叛了自己，做一些违心的事，说一些违心的话。遗憾的是，我们伤害的往往是那些关系最亲密的、我们最不愿意伤害的人。很奇怪对吧，不过这种事并不少见。我自己也经历过。”

“你也经历过？”埃尔维斯吃惊地问。

“是啊，你以为我就比别人要好吗？”爷爷说。

“你当然比别人好，”埃尔维斯说，“你比其他所有人好一千倍、一万倍！”

“很多人都不这么觉得吧。”爷爷说完，笑了起来。

也是，埃尔维斯知道——比如妈妈！她就不理解爷爷。

“就说你的外公吧，虽然你不理解他，可你妈妈理解他啊。所以算是扯平了。”爷爷说，“谁都不可能理解所有人。”

爷爷的表情严肃起来，认真琢磨着什么。

“应该这么说吧，”他若有所思地说，“妈妈其实也挺可怜的。因为和外公相比，你明显更喜欢我一些，她说不定很难过，所以很希望能听到你说我的坏话。”

“我说了你的坏话，外公就会比你好了吗？”埃尔维斯问道。

“当然不会。”爷爷说，“这就是最让人郁闷的地方。很多人都觉得，如果其他人表现得很糟，自己就会显得很优秀。而当别人做得好的时候，他们就会觉得自己很差劲。说到底，还是因为他们不够自信。”

“我就很自信！”埃尔维斯说。

“我也是。”爷爷说，“不过你妈妈这点就不如你。她总是不相信自己。我也很同情她。”

爷爷放开了埃尔维斯的手。埃尔维斯又躺回到床上，他靠着枕头，将胳膊垫在脑后，从那扇又大又亮的窗户望出去。他想到了妈妈，他希望……

是啊，他到底在希望什么呢？

妈妈每次来的时候都说，她很高兴他还活着，这样她就不需要承受失去他的痛苦。

她高兴的是他没有死。

不过——她也会因为他的存在而高兴吗？因为他就是他，而他偏偏就是她的儿子？这是一回事吗？

他不知道，但感觉上应该有很大区别。

对于妈妈来说，活着就意味着没有死去。

但对于埃尔维斯来说，活着不只是这么简单——活着充满了乐趣和神秘，活着……

“你在想什么，埃尔维斯？”爷爷问。

“我在想妈妈。”

“是吗？”

“我希望她现在就能从那扇门里走进来……笑眯眯的……高高兴兴的，因为她活着……”

“嗯？”

“因为我存在！”

18 回家的感觉很奇怪

埃尔维斯从医院回到家的时候，夏天已经结束了。

树上的叶子早就掉光了。现在是秋天，很快就要到冬天了。餐桌上有一封信在等着他。

信封上写着："地址不详。退回收件人！"

看见信的一瞬间，埃尔维斯有一种奇妙的感觉。他不需要拆开信封，就知道里面是什么内容。是暑假时他给芒努斯 · 林德画的卡片。他并不知道地址，托尔斯滕帮他猜了个地方。不过他们肯定猜错了。现在隔了这么久，信又寄回来了。

地址不详——根据埃尔维斯写的邮政编码，他们没找到芒努斯 · 林德。虽然埃尔维斯认识他，但邮递员不认识他。埃尔维斯见过他两面，虽然不知道他的地址，但埃尔维斯知道，芒努斯 · 林德是存在的。

地址不详。读到这句话的时候，埃尔维斯后背凉飕飕的。

这真是一个奇妙的经历，这是属于他自己的秘密。

埃尔维斯将信原封不动地藏了起来。这是一封不需要拆开的信。埃尔维斯知道里面都有些什么，他知道信是谁写的，也知道信是寄给谁的！

他要把信留着，万一……

待在家里的感觉怪怪的，确切说，有点儿陌生。埃尔维斯已经忘了他的床不在了——就是原先放在卧室里，靠着爸爸妈妈大床的那张小床。他忘记了爸爸妈妈在厨房里添了一张沙发，那里才是他睡的地方。

不过现在，他并不需要睡在厨房里，他可以睡在卧室爸爸妈妈的床上，和妈妈睡在一起。爸爸则睡在沙发上。

“我得时刻确保你在我身边，小埃尔维斯，”妈妈说，“这样你就不会再梦游了。”

埃尔维斯看着她。她以为埃尔维斯去找爷爷完全是一场梦游？还是说她在开玩笑？埃尔维斯说不好。她说的很可能是玩笑话。自从埃尔维斯回家后，妈妈就经常和他开玩笑，以前妈妈从不这样。

埃尔维斯得在家里静养几天，才能回学校上课。所以白天的时候，家里只有妈妈和他两个人。以前碰上这种情况的时候，他们都挺习惯的，反正自己做自己的事，互不打扰。当然妈妈会盯着埃尔维斯，以免他在家调皮捣蛋，到处闯祸做傻事。

而现在，妈妈和埃尔维斯都感觉，他们的相处不像从前那么自在了。埃尔维斯成天在琢磨妈妈在想什么，而妈妈也猜不透埃尔维斯的心思。他们之间突然变得有些生疏。埃尔维斯看向妈妈的时候，妈妈会刻意避开他的目光；妈妈看着埃尔维斯的时候，埃尔维斯也觉得很不好意思。

妈妈买了很多游戏回来陪埃尔维斯玩。埃尔维斯留意到，妈妈总是想让他赢。而他也总想让妈妈赢。

现在，妈妈和埃尔维斯对彼此的态度都特别客气，就仿佛他们刚刚认识一样，完全不像是一对生活在一起好几年的母子。聊天的感觉就更怪了。有的时候，他们嘴上不停说着话，实际却并不知道自己或对方到底在说什么。还有的时候，他们说着说着会突然卡壳，然后忘记要说的话。

所以妈妈每天都要变着花样地给埃尔维斯买东西，要么是玩具，要么是游戏，这样他们不说话的时候，至少还有点儿事做。

夜深人静的时候，埃尔维斯躺在妈妈身边，在心里酝酿好了自己要和妈妈说的话，可一到了早上，只要妈妈一看他，那些话就立刻化为乌有。于是埃尔维斯又只能一声不吭。

妈妈也是一样。躺在床上的时候，她总在琢磨着该怎么向埃尔维斯开口。她想知道埃尔维斯为什么大半夜一个人偷偷溜出去，为什么走着走着，突然跑到汽车前面，可她不敢问。她只敢说些好听的话哄着埃尔维斯，生怕他再干出傻事。有的时候，她把能说的话都说完了，只能和埃尔维斯大眼瞪小眼地互相看着。埃尔维斯总让妈妈想起她童年时，乡下那种倔强的小牛犊，简直拿他没辙。就连希万阿姨也想不出办法能帮到妈妈。

对于埃尔维斯的事，妈妈比以往任何时候都感到焦虑。她担心一不留神，埃尔维斯又会突发奇想，闯下滔天大祸。

埃尔维斯想要告诉妈妈，自己是被她连哄带骗，才说出那些关于爷爷奶奶的谎话。妈妈逼着他说出自己想要听的话。他很想问问妈妈，为什么总盼着爷爷奶奶不好？是因为埃尔维斯喜欢爷爷胜过外公，所以妈妈很难过吗？外公毕竟是妈妈的爸爸——她是不是以为，埃尔维斯也没那么喜欢她？不过那就是另一回事了——他当然喜欢妈妈。

还有一些事，埃尔维斯也很想亲口问问妈妈。比如安娜罗萨——为什么妈妈不让他和安娜罗萨玩？

妈妈总觉得，埃尔维斯成心和自己作对。可妈妈不知道，埃尔维斯其实很不愿意违背妈妈的意思，可那样一来，他就不能和真正喜欢的人在一起了——比如爷爷，比如布罗瓦尔，比如安娜罗萨。

所以，埃尔维斯只好保持沉默，要么干脆撒谎。有时候，他不得不骗妈妈，确切地说，他们在互相欺骗。

再这样下去，他也许再也不会在乎事实真相了。他也许只拣妈妈爱听的说，甚至不惜颠倒黑白。妈妈也不希望事情发展到这一步吧？他很想告诉妈妈，很多时候他无路可走，所以才不得不撒谎。可他始终说不出口。

埃尔维斯觉得越来越压抑，只能靠不停地吃糖果、说些不痛不痒的玩笑话来缓解尴尬。他和妈妈要么自说自话，要么陷入冷场，总之怎么都不对。

白天的时候，埃尔维斯和妈妈就靠玩游戏打发时间，而且玩得小心翼翼——他们谁都不敢让对方输，谁都不敢赢得兴高采烈。

好在埃尔维斯很快又回学校上课了。

埃尔维斯的回归引起了一阵不小的骚动。大家都对他充满了好奇，要求他展示胳膊上的伤疤。那道伤疤并不严重，埃尔维斯一开始还担心大家会失望，但奇怪的是，所有人都露出一脸羡慕的表情，安娜罗萨在一旁煽风点火地吹嘘了一通。

安娜罗萨说，看样子，应该是保险杠或挡泥板撕开的伤口。大家于是议论纷纷。埃尔维斯一脸茫然，只是摇了摇头。安娜罗萨立刻站出来替他解围。

“他不可能知道的，”她一本正经地说，“他当时已经失去意识了！他差一点儿就死了！”

埃尔维斯都不知道，自己还失去了意识，别人都没告诉过他！他刚要表示反对，却被安娜罗萨驳了回去。安娜罗萨说，自己从外婆和太婆婆那里听说了很多关于意外、疾病和死亡的事情。一个人失去意识的话，意味着他什么都不知道。就算别人说过什么话，做过什么事，他也都不可能记得。好长一段时间里，他都是昏昏沉沉的，甚至不知道自己被送上了救护车，还上了报纸。大家都看到了，所以千真万确。报纸上写着“七岁男孩午夜遭遇车祸”。

谁都没有像埃尔维斯那样，在医院里住了那么久。除了安娜罗萨外，其他人也没有差一点儿死掉的经历。但是，要说整个人失去意识，被送上救护车，又上了报纸，就只有埃尔维斯一个人做到了。

所以也不奇怪，大家都向埃尔维斯投来崇拜的目光。他和其他人不同，他身上有着别人无法模仿的特别之处。

不过埃尔维斯并不喜欢这种感觉。他不想成为别人眼中的另类。所以当车祸的热度渐渐退去后，他反而轻松起来。

确切地说，车祸的热度也就持续了三天。三天之后，埃尔维斯·卡尔松又变回一个普普通通的男孩。

在昏迷的这段时间里，埃尔维斯落下了不少功课。很快，跟不上学习进度就成了他身上唯一的特别之处。很多时候，老师必须给他解释得特别详细，课间休息和放学之后，他也只能坐在教室里补课。

妈妈也很重视埃尔维斯的学习。她帮埃尔维斯一遍又一遍地朗读课文，督促他温习功课。这倒成为一个不让他出去的绝佳理由。现在，埃尔维斯只要一出门，妈妈就会坐立不安。她反复盘问埃尔维斯打算去哪里，打算做什么，打算几点回家。

妈妈从来不敢问安娜罗萨的事，甚至连提都不提她的名字。妈妈总是顾左右而言他，不过埃尔维斯知道，妈妈满脑子想的都是安娜罗萨。

现在，妈妈对埃尔维斯的态度可好了，也很少唠叨得没完没了。从某种意义上说，妈妈的确比从前更关心他了。妈妈总是忧心忡忡地看着埃尔维斯，生怕他因为车祸而留下反应迟钝或神志不清等后遗症。

好在埃尔维斯完全康复了，一点儿毛病也没落下。

要说车祸的经历对他造成了什么改变，那大概就是关于时间的意义。

从前，埃尔维斯从没有琢磨过时间的问题。反正墙上挂着钟，时间嘀嗒嘀嗒走个不停。可现在不一样了。

躺在医院里的时候，埃尔维斯完全不知道时间。他也没想过自己在那里住了多久，时间是长还是短。

出院回家后，他偶尔会觉得，自己离开了好长好长一段时间，比整个暑假都长。然后他又会恍惚，好像自己从没离开过家一样。这真的太不可思议了。有时他回想起住院的日子，就好像一瞬间从眼前的生活中抽离出来，回头望向身后遥远而模糊的某处，怎么看都看不真切。然后他又重新回归现实的日常生活，回到妈妈和爸爸身边，回到学校，回到朋友中间。

回家后的前几周里，埃尔维斯一直在思考关于时间的问题。对于他来说，时间的意义已经变了。现实中的时间和钟表上的指针并不是一回事。谁都不知道它走得是快还是慢，会不会突然改变速度，让人猝不及防。

埃尔维斯知道是谁在控制钟表——是钟表的主人，只要拧紧发条，它们就会嘀嗒嘀嗒地往前走。

可谁在控制时间呢？它走的方式和速度又是由谁规定的？这个答案恐怕没人知道。

大家都说，时间会从钟表上显示出来，埃尔维斯曾经也这么认为。不过自从车祸之后，他开始有所怀疑——钟表只显示小时、分钟，还有嘀嗒嘀嗒不停走的秒钟……

他突然意识到，时间是一个截然不同的概念，它存在于每个人的心里，仿佛一个奇幻的秘密，远远无法用钟表衡量。

19 蓝色的门

安娜罗萨现在不常和黑尔佳在一起了。

她也很少说关于黑尔佳的事了。以前，她和埃尔维斯在一起的时候，总是黑尔佳长黑尔佳短地说个不停，可现在她连黑尔佳的名字都懒得提了。埃尔维斯留意到，见面的时候，黑尔佳会故意转过身去，装作没看见安娜罗萨，安娜罗萨总是很难过。

安娜罗萨也会别过脸去，对黑尔佳视而不见。不过她还是会很难过，可黑尔佳就从来没有难过或失落过。

安娜罗萨说，她们没有闹别扭，绝对没有！

但究竟是怎么一回事，安娜罗萨没有说，埃尔维斯也没有问。

一次课间休息的时候，安娜罗萨一脸神秘地跑到埃尔维斯面前，提出要去老地方单独聊聊。看她那么着急的样子，埃尔维斯当然一口答应。操场上有一个隐蔽的角落，是他们平时说悄悄话的地方。他们跑到那里后，安娜罗萨掏出一把生锈的小钥匙，递到埃尔维斯面前。

“你知道它是用来开什么的吗？”安娜罗萨问。

“什么？”

“一扇蓝色的门。”安娜罗萨小声说。

“一扇蓝色的门……？”

“对。”

安娜罗萨将钥匙放回口袋，她说其余的事情要等到放学后再告诉埃尔维斯。到时候，他就会知道那扇蓝色的门到底在哪里。不过他一个字都不能向别人透露——特别是黑尔佳。

“你说话要算话！”

埃尔维斯当然说话算话。况且，他巴不得离黑尔佳远一点儿呢。

“我们还是在校门外见！”安娜罗萨话音刚落，上课铃就响了。

对于埃尔维斯来说，这真是难挨的一天，接下来的课间休息里，安娜罗萨都故意避开他，和其他女孩一起玩。不过放学后，她早早地就等在学校大门外面。安娜罗萨骑着自己的红色自行车，那是可能成为她爸爸的布罗瓦尔送给她的。

“我骑车带你过去！”她说。

“我得先回家一趟。”埃尔维斯说。他想到成天等在家里的妈妈。如果他放学后不立刻回家，妈妈估计要急疯了。自从车祸之后，妈妈总担心埃尔维斯会出事。

可安娜罗萨摇了摇头。

“那就来不及了！”她语气很坚决，“赶紧上来吧！”

于是，埃尔维斯跳了上去，坐在自行车的车后架上。安娜罗萨用力踩着脚踏板。他们运气不错，一路上都没有人把他们拦下来，说小孩子不许骑车带人之类的话。

就在城外不远的地方，有一小片地方，埃尔维斯坐车的时候看见过很多次。他一直憧憬着能住在那里。他甚至一个人偷偷去过好几次，在那一带走了走，转了转。

那一片地上，建了很多造型各异的小木屋。每幢小木屋都附带一个小花园，里面有灌木，有树，还有草地。大家要么在各自的地里辛劳忙碌着，要么就在自己的小木屋进进出出。当时埃尔维斯就想，自己要是也有这么一小幢房子，这么一小片花园，那该有多好。

可妈妈却给他泼冷水。

“说什么傻话呢，现在谁还稀罕那种又老又破的社区农圃？根本就不是人住的地方！”

今天，安娜罗萨骑车带他来的正是这里。

其中一幢小木屋上开着一扇蓝色的门。小木屋精致极了，棕色的墙，白色的框，小小的门廊里藏着蓝色的门，屋后还有一间玻璃做的阳光房。

这是安娜罗萨外婆的社区农圃。不过快要到冬天了，她也用不上了。

“现在它是我们的了！我们可以借用一整个冬天呢！”安娜罗萨说。

她将钥匙插进锁孔，蓝色的门嘎吱一声开了。他们走进一个不大的房间，里面有一张长条桌，一个沙发和一个柜子。桌上放着一个用来烧饭的炉子，桌下堆着几口汤锅。墙上钉着一只橱柜，里面摆着玻璃杯和瓷器。地上铺着一张格纹地毯。窗帘布、沙发套以及柜子上的防尘罩也都是格纹的。

墙上挂满了装饰画和照片，有猫咪的，有花花草草的，还有以前的国王的。房间另一端的门通向阳光房，里面摆着一张桌子和三把椅子。桌上铺着一块漂亮的绣花桌布，那是太婆婆亲手绣的。柜子上有一盏白色灯罩的煤油灯，阳光房里摆着一座烛台，上面竖着三根红蜡烛。

“我们住在这里都行！”安娜罗萨说。

她从柜子最上层的抽屉里找出干面包片、饼干和巧克力威化。埃尔维斯高兴得不知道怎么办才好，这里应有尽有，比他想象的还要好。

“下次我要带点儿像样的食物过来。”安娜罗萨一边说，一边将吃的放在阳光房的桌子上。“你想吃什么都行！对了，你最想吃什么？”

“虾吧。”埃尔维斯说完，帮着安娜罗萨摆好杯子和盘子。

“那我们可以边吃虾，边喝汽水！”安娜罗萨说。

他们从旁边的花园里泵了水，用桌上的煤气炉烧开，泡上两杯茶，然后点上蜡烛，坐在阳光房的桌子旁边。

已经是十一月，天色早早暗了下来。周围的社区农圃都冷冷清清的，只有他们一家还亮着灯。

“别人家都不如我们这儿好。”埃尔维斯说。

“没错，我们的小木屋是最棒的。”安娜罗萨说。

她咬了一口干面包片，一副若有所思的模样。然后，她突然说起了黑尔佳。

“你知道，我这个暑假和黑尔佳去了乡下。”这是她的开场白。

埃尔维斯知道。一整个夏天，安娜罗萨都住在那里。她回来的时候和大家说，她和黑尔佳玩得可愉快了。

“其实一点儿都不愉快。”安娜罗萨一脸严肃地看着埃尔维斯。

不愉快？埃尔维斯惊讶极了。他没想到事情会是这样。安娜罗萨之前一直都说，和黑尔佳在一起，她觉得前所未有地开心！

“我只是不想说出来而已。”安娜罗萨垂下头，看着桌子下面。

看着她一脸为难的表情，埃尔维斯突然明白了。黑尔佳邀请她去乡下过暑假的时候，大家都知道她有多开心。如果承认她其实过得并不愉快，那岂不是很丢脸。谁都不愿意让别人看笑话。

埃尔维斯非常清楚，假装自己过得比实际要好，是一种怎样的折磨。

“嗯，我知道。”他对安娜罗萨说。

“你怎么会知道的？”

“我也有过差不多的经历。”

安娜罗萨于是将暑假发生的事原原本本地告诉了埃尔维斯。

一整个暑假，度假小屋里几乎就只有安娜罗萨、黑尔佳和黑尔佳的哥哥谢勒三个人。大多数时间里，黑尔佳的爸爸妈妈都不在。所以黑尔佳才邀请安娜罗萨去和她做伴的。黑尔佳的妈妈偶尔会给他们送点儿吃的过去，不过每次一送完，就要匆匆忙忙地赶回城里。黑尔佳的爸爸一直开着车在外面跑生意，几乎没有时间去乡下。

黑尔佳的爸爸妈妈一起出现过几次，他们请了很多朋友，彻夜开派对。派对一点儿都不好玩，黑尔佳的爸爸妈妈吵个不停，还骂对方是笨蛋。

安娜罗萨的妈妈和外婆也经常在晚上开派对，不过大家总是高高兴兴的，从来也不吵架。

黑尔佳的爸爸妈妈一来，家里的气氛就变得怪怪的。安娜罗萨、黑尔佳和谢勒是不能参加派对的。他们只能待在阁楼上。不过屋里屋外都闹哄哄的，根本睡不着。

派对还不是最糟糕的部分。最糟糕的是黑尔佳对安娜罗萨的态度很差劲。黑尔佳在乡下有很多朋友，她和朋友们一起玩的时候，从来都不带安娜罗萨。黑尔佳说，她的那些朋友都是大孩子了，所以觉得小孩子很烦。黑尔佳出去找朋友玩的时候，安娜罗萨只能一个人待在家里。而那些朋友来家里找黑尔佳玩的时候，他们又会嫌安娜罗萨多余。黑尔佳的哥哥谢勒也很讨厌。他一有机会就嘲笑捉弄安娜罗萨，还在一旁煽风点火，导致黑尔佳对安娜罗萨的态度更加恶劣。

最后，安娜罗萨实在忍耐不下去了，提出说要回家。没想到听了这话，黑尔佳就像突然变了个人似的。她变得既和善又温柔，忙不迭地向安娜罗萨解释说自己并没有恶意，那些不过是玩笑话而已。如果没有安娜罗萨，她一天都活不下去，在这个世界上，她从没有像这样喜欢过一个人……

同样的事发生了好多遍。黑尔佳每次低声下气地恳求安娜罗萨的时候，安娜罗萨都觉得无比满足和幸福，她咀嚼着黑尔佳说的每一个字，把它们当成黑尔佳真心的表白。她每次都想，这一定是最后一次，黑尔佳再也不会做傻事了。可没过多久，黑尔佳又犯起了老毛病。

一整个暑假就在这种反反复复中过去了。快乐融洽的时间越来越短暂，黑尔佳对安娜罗萨的厌弃和嘲讽越发变本加厉。与此同时，她向安娜罗萨示好时的态度也越发恭顺和谦卑。所以安娜罗萨根本没办法拒绝她。

安娜罗萨的心情越来越低沉。回到家后，她再也不愿意受黑尔佳的摆布了。没有了黑尔佳，她自己也能过得很好。再说，她还是和埃尔维斯在一起最开心。

“现在你知道了吧！”安娜罗萨说。

她说，只有当埃尔维斯没空的时候，她才会考虑和黑尔佳一起玩。现在，黑尔佳成了备胎，这都是她自找的。

埃尔维斯一边听，一边往嘴里一块接一块地塞巧克力威化。他不知道自己该说什么。听见安娜罗萨这么说，他感到既难过又高兴。难过的是黑尔佳根本不拿安娜罗萨当回事，高兴的是因为黑尔佳的所作所为，他自己不再是替代品了——或者用安娜罗萨的话来说，他不是备胎了。

安娜罗萨以前一直坚持认为女生就要和女生玩，男生就要和男生玩，现在她会怎么说呢？她还说过，自己最要好的朋友一定要是个女孩子，现在她的想法变了吗？

没有，安娜罗萨认真地说，她的想法没变。

“不过这和你没关系。”她说。

埃尔维斯真不想和安娜罗萨分开，可妈妈还在家里焦急地等着呢。天色已经完全黑了下来，埃尔维斯站起身，他得走了。

“我骑车带你回去！”安娜罗萨主动说。

她的自行车前有一盏小灯，可以把前面的路照得亮亮的。埃尔维斯坐在车后架上，安娜罗萨用力踩着脚踏板。回去的路上也挺顺利，没有人质疑或阻拦。

“停！停！”埃尔维斯突然叫起来。

“你还没到家呢！”安娜罗萨一边说，一边继续往前蹬。

距离家只有一两个街区了，埃尔维斯不由紧张起来。

“放我下来！”他喊道，可安娜罗萨丝毫没有停车的意思，她还在一个劲儿地踩脚踏板，她想把埃尔维斯一直送到家门口。

埃尔维斯慌了神，将两条腿甩来甩去，想要挣脱下来。就在安娜罗萨刚要拐过家旁边的街角时，他两腿一并，往下一跳，直接跌在马路中间。安娜罗萨赶紧刹住车。

“你干吗要跳下来？是怕被你妈妈看见我和你在一起吗？”

安娜罗萨的脸上有惊讶，也有困惑。埃尔维斯艰难地爬了起来，他的膝盖摔得生疼，走路一瘸一拐的。安娜罗萨看见了。

“哎呀，都怪我！”她立刻忘记了自己刚才的问题。

“嗐，没关系。”埃尔维斯说，“很快就好了。”

“我应该停下来的！你才刚出院没多久，况且还出了那么严重的车祸！”

他们在街角面对面站着。安娜罗萨握着自行车的把手，一脸歉疚。埃尔维斯万一摔断腿了可怎么办！

“不会的，没那么夸张。那样我肯定连站都站不起来了。”埃尔维斯说。

安娜罗萨跳上自行车。

“明天我负责带虾和汽水。”她说完，踩着脚踏板骑远了。

埃尔维斯一瘸一拐地走回家。

安娜罗萨的问题仿佛一记耳光，打得他脸颊火辣辣地痛：“是怕被你妈妈看见我和你在一起吗？”

安娜罗萨是怎么知道的？她猜得一点儿没错！

不，他必须扭转这种局面！他得让妈妈知道，他就是想和安娜罗萨在一起。妈妈说什么都没有用！不能再等下去了，现在就要行动起来！

“你这是去哪儿了？”

妈妈站在门前，冲他劈头盖脸地来了一句。她刚准备出门找埃尔维斯。妈妈果然很着急，当看见埃尔维斯裤子膝盖上的破洞以及一瘸一拐的走路姿势，她更是气不打一处来。

“我说埃尔维斯，你干什么去了？你去哪儿疯了？”

埃尔维斯说自己跌了一小跤，对其他则避而不谈。妈妈依旧穷追不舍地问了一大堆问题。埃尔维斯知道妈妈的心思，他只是不知道，妈妈为什么不直接问安娜罗萨的事。

如果妈妈问起的话，他会鼓足勇气坦白一切。他不会拐弯抹角，含糊其词，而会直截了当地承认：对，没错，我就是和安娜罗萨在一起！

妈妈显然很纠结，她绕了好大一圈，试探地想要套出答案，可始终都没有提到安娜罗萨的名字，只是隐晦地说：“交朋友一定要谨慎，我的小埃尔维斯，一不小心就会出大乱子！记住，现在有眼睛正在盯着你呢！”

埃尔维斯知道妈妈想到了什么。妈妈肯定想到了高尔夫球和警察的事。还有安娜罗萨！妈妈觉得，埃尔维斯之所以搞得这么狼狈，全都是安娜罗萨的错。

埃尔维斯一声不吭。他们之间的气氛因为沉默而显得无比尴尬。妈妈拿过他的裤子缝补起来，顺手打开收音机，让家里至少有点儿生气。

埃尔维斯不时偷偷瞄一眼妈妈，妈妈正低头专心致志地缝缝补补。

妈妈说现在有眼睛正在盯着他，这让他犯了嘀咕。埃尔维斯偶尔也会有一种被注视的感觉，他很想知道，那是谁的眼睛。

听妈妈的语气，埃尔维斯判断那应该是神秘、危险而又不易察觉的眼睛。

他想过，那说不定是上帝的眼睛。

住在外公外婆家的时候，他会感到异常沉重和深刻的目光，但外公外婆是不相信上帝的，这一点无论如何说不通。况且他在城里的时候也会有所感觉，而爸爸妈妈也是不信上帝的。

住在爷爷奶奶家的时候，埃尔维斯就从来没有觉得，有眼睛正在盯着自己。而奶奶是最信上帝的！

看来应该不是上帝的眼睛。

那会是谁的眼睛呢？

这个问题一直困扰着埃尔维斯。他也不敢开口问妈妈。妈妈没准儿就是吓唬吓唬他而已，她也说不清那是谁的眼睛。

埃尔维斯和妈妈同时抬起头望着对方。收音机里还在咿咿呀呀地播放着音乐。

“我们玩一盘飞行棋吧？”他们两个不约而同地说。

埃尔维斯和妈妈都笑了起来，他们玩了一整晚的飞行棋。两个人都玩得很认真很卖力，千方百计地想让对方赢。谁要是自己不小心赢了，就会立刻提出再来一盘。他们玩了一盘又一盘，最后都快累趴下了。

睡觉时妈妈帮埃尔维斯盖好被子，和他道了晚安，并且要他保证，以后一放学就赶紧回家，以免让妈妈担心。

“这个要求不过分吧，小埃尔维斯？”妈妈轻声细语地说，“看在妈妈陪你玩了一晚上飞行棋的分儿上，你也应该答应妈妈吧？”

20 第一场雪

一只雪球里到底有多少片雪花呢？这可真是个耐人寻味的问题。

埃尔维斯站在窗户前。

这是今年的第一场雪。一片片雪花仿佛一朵朵银莲花，轻轻柔柔地从天空中缓缓飘落下来。

追寻雪花的去向实在是件很有意思的事。埃尔维斯选出一片又一片雪花，然后目不转睛地盯着它们，看着它们去往不同的地方，那感觉奇妙极了。

一些雪花落在路上行人的雨伞上或是疾驰而过的小汽车上，迅速融化开来，消失得无影无踪。还有一些落在屋顶或街道上，成为积雪的一部分。对于街道上的积雪来说，之后会怎样，谁都说不好。或许会被扫雪车铲到一边，然后运往别处，或许会被搓成雪球，做成雪灯或雪人。不管怎样，这些雪花都能保留下来，它们会度过一整个漫长的冬天，直到来年开春时才渐渐融化。

至于那些飞扑向窗玻璃或是落在雨伞上的雪花，下场就要悲惨得多了。它们转瞬即逝，就好像从来没存在过一样。

世界上所有的事情大概都是这样。

雪花的命运究竟掌握在谁的手里？

它们要去往哪里，会变成什么，又是由谁决定的？

埃尔维斯打开窗户，伸出胳膊。几片雪花立刻打着旋儿落在他摊开的手心和衣服袖子上。埃尔维斯赶紧缩回胳膊，关上窗。雪花迅速融化，变成水滴，他用手帕把这些水滴擦掉。手帕上留下湿湿的一小块。埃尔维斯将手帕放在暖气片上，水渍很快消失了，然后就什么都没有了。什么都没有！

是啊，雪花的命运究竟掌握在谁的手里？

是开了窗、伸出胳膊的埃尔维斯吗？

可他为什么偏要在下雪的时候伸出胳膊呢？

他这么做，是从其他人那里获得的灵感吗？

埃尔维斯沉浸在这些念头中，完全无法自拔，几乎忘掉了周围的一切。他记得，在爷爷家碰见的托尔斯滕也喜欢思考这些奇奇怪怪的问题。

埃尔维斯住院的时候，曾经收到过托尔斯滕寄来的卡片，他得赶紧回一张才是。埃尔维斯找出彩笔和纸，站在窗前画了一片雪花，然后又画了一片。他画了好多好多片银莲花一样的雪花。然后他将卡片翻过来，在背面写道："谁决定了雪花的命运？一只雪球里有多少片雪花？你的朋友埃尔维斯。"

不知道托尔斯滕能不能回答这些问题！

奶奶肯定会说，雪花的命运都掌握在上帝手中。不过爷爷大概会怀疑，上帝没有时间为每一片雪花安排去向……

埃尔维斯自己也不知道……

他想到自己经历的车祸。如果他是一片雪花的话，还会有谁在乎他的生死呢。大概没有人会知道，世界上曾经存在过这么一片雪花。

雪渐渐小了。埃尔维斯一片一片地数着扑向窗玻璃的雪花。无论是谁决定了它们的命运，它们都不该默默无闻地度过短暂的一生。在这个世界上，至少应该有一个人知道它们曾经存在过。而那个人就是埃尔维斯·卡尔松！

埃尔维斯站在窗前，专心致志地数着。这件事很重要，重要到他几乎忘了今天和安娜罗萨的约定——他们说好了在社区农圃那扇蓝色的门前见的。不过埃尔维斯答应过妈妈，一放学就回家，一回家他就被雪花迷住了。

天色渐渐暗了下来。

身后突然传来一声轻轻的叹息。埃尔维斯转过身，在屋内的暗影中捕捉到妈妈的身影。她正站在镜子前打量着自己。街上亮起的路灯照进房间，照亮了妈妈的胳膊和金色的头发。她突然从暗影中钻了出来，走到埃尔维斯面前，然后俯下身，用脸颊轻轻贴住他的脑袋，说道："我要带塞桑出去一趟，你也一起吗，埃尔维斯？"

他们走出家门。妈妈带着塞桑走在前面，埃尔维斯跟在后面。路上白茫茫一片，一个脚印都没有。积雪软绵绵、湿漉漉的。妈妈的鞋子踩在上面，留下一只只密密的深色脚印，埃尔维斯努力将每一步都踩在妈妈的脚印里。

他不时回头看一看雪地上的脚印。埃尔维斯自己没有留下任何新的痕迹，他和妈妈走过的地方只有一串窄窄的脚印，就好像只有一个人经过一样。

妈妈默默地往前走。只有一次，她回过头对埃尔维斯说："很快又到圣诞节了，埃尔维斯！"

之后她就再没回过头。她牵着塞桑，似乎在想什么心事。

埃尔维斯不知道妈妈在琢磨什么，他的脑子里现在没什么想法，他也没有像平常一样东张西望，而是认认真真地将脚踩在一个又一个脚印里。他得确保雪地上除了妈妈的脚印外，再看不出其他人留下的足迹。

走着走着，他们来到一个十字路口。

埃尔维斯停下脚步。

妈妈往左拐去，继续向前走。

马路中间有一块被压扁的松饼，顺着松饼延伸出一串陌生的脚印，恰好和妈妈前进的方向相反。脚印比妈妈的略宽些，也略大些，应该是一个男孩的脚印。

埃尔维斯几乎没有多想，直接将脚迈进新的脚印之中，一步接着一步，朝着妈妈的反方向走去。

路上一个人都没有。埃尔维斯不知道这些是谁踩出的脚印。但他很肯定，陌生脚印的主人一定是个男孩子。

谁知道呢——没准儿是芒努斯 · 林德!

既然有可能是任何一个人，那当然包括他在内!

埃尔维斯见过芒努斯 · 林德两次——一次遇上大雾，另一次赶上下雪。而今天就是一个雪天!

妈妈丝毫没有察觉到异样。她自顾自地往前走。

这是十一月末的一个傍晚，整座城市迎来了今年的第一场雪。在路灯的映照下，洁白轻柔的雪花悄无声息地飘落下来，为大地披上一层银装。埃尔维斯走在一条街上，妈妈走在另一条街上，他们之间的距离越拉越远。

埃尔维斯就这么走啊走啊。这会是芒努斯 · 林德的脚印吗？这个答案恐怕无从揭晓。埃尔维斯的身后是一串男孩的脚印，但脚印并不属于他。这感觉越来越怪，就好像他并不存在一样。

埃尔维斯又一次停下脚步，他向旁边迈出一大步，从陌生的脚印中挣脱出来。脚印的主人应该不是芒努斯·林德吧？埃尔维斯这么想着，穿过街道来到另一边，然后朝原来的方向往回走。

现在，他终于在雪地里留下了自己的脚印！

走着走着，他突然开始跑起来。这里离社区农圃已经很近了。

安娜罗萨万一还在呢！

埃尔维斯越跑越快。他老远就看见社区农圃里的一幢小木屋亮着灯。

埃尔维斯走近了些。白雪仿佛一床柔软的棉被，覆盖住小小的花园。他在雪地里寻找安娜罗萨的脚印，可是所有脚印都已经被新下的雪所淹没。社区农圃里黑漆漆一片，只有安娜罗萨的小木屋透着光。

阳光房的桌上点着三根红蜡烛。埃尔维斯看见有模糊的影子在墙上晃动着。小木屋里亮亮的，暖暖的。埃尔维斯跑到窗前，准备敲一敲窗玻璃。

就在这时，他突然发现，安娜罗萨不是一个人！

安娜罗萨的正对面，就在埃尔维斯昨天坐的位置上，赫然出现了黑尔佳的身影！她正往自己的玻璃杯里倒汽水。

她们面前的桌上摆着一大碗虾。

埃尔维斯向后退了两步。

他整个人躲藏在黑暗里。他可以看见窗内的她们，可她们却看不见他。埃尔维斯弯下腰，抓起一大捧雪，然后开始搓一只雪球。黑尔佳和安娜罗萨完全不知道，埃尔维斯就站在咫尺之遥的地方。

埃尔维斯陷入了回忆……

曾经也有过这么一次，他一边搓着雪球，一边默默注视着黑尔佳和安娜罗萨……

那次，他搓了一只很大的雪球，然后用尽全身力气朝黑尔佳扔了过去。雪球砸中了黑尔佳的下巴，她痛得连声叫唤。

他记得很清楚。他记得自己当时的感受，他气极了，眼睛里似乎燃着怒火，大脑一片空白……

那是三月的事，当时还是春天，距离现在不过八个月——可感觉上已经过去很久很久了。

他听见黑尔佳和安娜罗萨的声音，她们两个在里面有说有笑，开心极了。黑尔佳又变得和善起来，她显然想和安娜罗萨重归于好。

埃尔维斯将手中的雪球搓了又搓。

他看见安娜罗萨拿起装满虾的碗，端到黑尔佳面前。安娜罗萨的眼睛亮亮的，脸上洋溢着幸福的微笑。

奇怪——埃尔维斯一点儿也不生气。虽然黑尔佳坐在原本属于他的位置上，一边吃虾，一边喝汽水，可他完全不觉得难过。

埃尔维斯看了看手中的雪球，然后举高了一些，迎着窗口的灯光仔细打量起来。

雪球里面藏着多少片雪花呢？

会有人知道答案吗？

托尔斯滕也许会知道吧……说不定他也需要很久才能搞清楚，靠数的话，要数得很仔细才行……

埃尔维斯轻手轻脚地绕过小木屋，小心翼翼地钻进门廊，将雪球放在那扇蓝色的门外。

然后，他默默地走开了。

安娜罗萨看见雪球的时候，肯定会好奇，究竟是谁放在这里的！说不定她会猜得到……一年前，他们曾经一起做过雪灯。因为安娜罗萨的央求，埃尔维斯帮她搓了一只又一只雪球，他们做了一个特别漂亮特别精致的雪灯……

朝黑尔佳扔雪球的那一次，他还不知道下雪究竟是怎么一回事。他没想过雪球就是由一片片雪花组成的，而雪花就像一朵朵银莲花！还好，他现在知道了！

要不是黑尔佳意外出现，在小木屋里边吃虾边喝汽水，他和安娜罗萨肯定会度过一段愉快的时光，比现在愉快得多！可毕竟是他爽约在先。黑尔佳不过是备胎而已。埃尔维斯既不是替代品也不是备胎。他才是安娜罗萨的首选。所以现在不要紧了——黑尔佳想在里面待多久就待多久好了……

埃尔维斯朝家走去。他的脑海里冒出各种各样的念头，这些念头争先恐后地跳跃着，让他内心油然而生一股喜悦。他恨不得欢呼起来。他觉得好高兴，真真正正地高兴！他高兴的是，自己不再难过，不再生气，不再需要朝别人扔雪球！

埃尔维斯从来都不知道，一个人会因为不难过而高兴。对他而言，这是一个全新的认识。

他能察觉到，因为经历了某些事，遇见了某些人，内心有过某些体验，所以他整个人正在一点一点地发生变化。他已经和八个月前不一样了，和两个月前、一个月前也不一样了。他甚至不再是昨天的自己。他每天都有改变。这种感觉太奇妙了。他会产生以前从未有过的想法，他会看见以前从未发现的东西，他自己所能做的事越来越多。对于自己说过的话、做过的事，他能判断出是好还是坏，是对还是错。

以前的埃尔维斯不够勇敢，不够自信……

发生车祸前，他甚至不敢去见爷爷……

车祸……感觉那已经是很久以前的事了！他长大了许多，成熟了许多，也懂得更多了。

如果妈妈能意识到，埃尔维斯在很多方面已经进步了不少——当然不是所有方面，但的确很多！——她会怎么想？当然，在某些事情上，她会坚持自己的看法——比如安娜罗萨——但她不应该过多干涉和阻挠埃尔维斯的决定。

埃尔维斯必须坦白而直接地告诉妈妈，他想和安娜罗萨在一起！对！等一见到妈妈，他就要说出这句话！她爱怎么想就怎么想！要是妈妈唠叨个没完没了，埃尔维斯就搬去社区农圃，住在安娜罗萨的小木屋里！

不管怎么说，他必须要让妈妈知道真相。

他要勇敢地大声说出来！一见到妈妈就说！不给妈妈拐弯抹角问东问西的机会。

“我和安娜罗萨·彼得松在一起！”这就是他要说的话。

大声说出来的感觉一定很好！

终结所有问题的感觉也一定很好！

埃尔维斯加快了脚步，开始跑了起来。

雪越下越密，雪花变得越来越小，越来越硬。起风了。

街上似乎只有他一个人。如果有很多人走来走去的话，雪地上的脚印早就乱了。但是没有。偶尔有几辆汽车开过埃尔维斯身边。

埃尔维斯转过一个又一个街角。

雪地上总算出现了一串脚印！不过脚印并不是笔直的一条。埃尔维斯看得出来，脚印的主人肯定不时停下脚步，东张西望一番。有那么一瞬间，他差点将脚踏了进去。不过，他还是决定踩出自己的脚印，于是在旁边的雪地上继续往前跑。

跑着跑着，他突然看见路灯下站着一个熟悉的身影。是妈妈。她就站在那一串弯弯曲曲的脚印尽头，原来妈妈才是脚印的主人。她怀里抱着塞桑，一脸焦急。

“你上哪儿去了，埃尔维斯？”她问。“你知道我找你找了多久吗？”

埃尔维斯有点儿不好意思。他完全忘了自己是跟妈妈一起出门的，可他走着走着，就走到相反的方向去了。

“你没听见我喊你吗？”妈妈又问。

没有，埃尔维斯什么都没听见。这还是头一遭——以前，无论隔着多远，埃尔维斯总能听见妈妈喊他的声音，只不过他懒得答应罢了。可今天，他完全没听见任何声音。或许他太专注于脑海中的念头了。

“你到底去哪儿了？”妈妈继续追问。

埃尔维斯浑身打了一个激灵。现在！现在他就要说出那句话了！

他要说的是：“我和安娜罗萨·彼得松在一起！”

一！二！三！……现在！

妈妈放下塞桑，牵起埃尔维斯的手。

“来吧，埃尔维斯，跟我回家。”妈妈温柔地说。

找到了埃尔维斯，妈妈总算松了口气。她不想当个凶巴巴的妈妈，她想当个和蔼可亲的好妈妈。

妈妈一手牵着埃尔维斯，一手拉着塞桑，一步一步地往家走去。雪地上留下了三串脚印——正中是妈妈的，两侧分别是埃尔维斯和塞桑的。

“时间过得真快啊，很快又要到圣诞节了。”妈妈说，“今年你想要什么圣诞礼物，埃尔维斯？”

埃尔维斯默默地走着，他还在想自己要说的话。

现在说已经太晚了，看来得等到明天了。等他放学回到家，打开门的那一瞬间，不等妈妈问东问西，他就要大声说：“我和安娜罗萨·彼得松在一起！”

对，他明天就说！明天！